# 三餐四季

林东林　著

THREE MEALS

AND

FOUR SEASONS

文化藝術出版社
Culture and Art Publishing House

**图书在版编目（CIP）数据**

三餐四季/林东林著. —北京：文化艺术出版社，
2019.8
ISBN 978-7-5039-6778-8

Ⅰ.①三…　Ⅱ.①林…　Ⅲ.①诗集—中国—当代
Ⅳ.①I227

**中国版本图书馆CIP数据核字（2019）第186236号**

## 三餐四季

著　　者　林东林
责任编辑　王　红　李　璐
书籍设计　梁颢蓝
出版发行　文化艺术出版社
地　　址　北京市东城区东四八条52号　（100700）
网　　址　www.whyscbs.com
电子邮箱　whysbooks@263.net
电　　话　（010）84057666-84057660（总编室）
　　　　　（010）84057696-84057699（发行部）
传　　真　（010）84057660（总编室）84057670（办公室）
　　　　　（010）84057690（发行部）
经　　销　新华书店
印　　刷　国英印务有限公司
版　　次　2019年8月第1版
印　　次　2019年8月第1次印刷
开　　本　787毫米×1092毫米　1/32
印　　张　9.25
字　　数　166千字
书　　号　ISBN 978-7-5039-6778-8
定　　价　45.00元

---

一个人就是人类

# 目　录



## 第一辑　静物

## 第二辑　叙述与抒情

## 第三辑　旁观者

## 第四辑　三餐四季

# 诗言我

## 1

具体哪一年我已经忘了，反正是十五六年前，应该是秋天，选择这个季节对应着我们对当时举行的活动的某种认识，经过漫长的征稿、筛选和评比，一场诗会在我们那所大学的某间阶梯教室里进行，彩色气球环绕在黑板四周，黑板上书写着一行歪歪扭扭的粉笔字——“十大校园诗人”诗歌朗诵会和颁奖晚会，台下坐着的是和即将上台的那些所谓的诗人一样懵懵懂懂的青涩学生。接下来，我居然也人模狗样地登了台、朗诵了，忝列于“十大”之间，接受了舞台灯光巡礼般的照耀和女生们声嘶力竭的呐喊。夸张一点儿，我或许还可以这么说，这让我收获了不少女生暗暗滋生的情愫。

需要指出，虽然被认定成了诗人，还是“十大”之一，但那时候我们对诗人的认识可能和台下的观众一样是错误的。更多情况下，我们会把留长头发、穿破洞牛仔裤的人当成诗人，会把穿着翻领毛衣、摆出一副忧郁表情的人当成诗人，会把发表了一些小豆腐块诗作的人当成诗人，甚至会把经常游走于一段废弃铁轨上的人当成诗人，却从来不会把人群中一个写得很好却完全不像诗人的人当成诗人。这是因为，那时候我们都还很年轻，还没有写出过一行真正的诗句，我们在伤春和悲秋之间踟蹰徘徊，对浪漫这种东西还死揪着不放，我们对诗人的理解并不比把肉欲等同于爱情更深刻。

很多年后，我们对诗人的认识已经有了很大改变，但不幸的是，就本质而言却依然没有多大改观。不是这样吗？看看铺天盖地崇尚的都是什么诗人？一个个农民诗人、一个个打工诗人、一个个矿工诗人、一个个残疾诗人、一个个底层诗人、一个个获奖无数的诗人。我们宁愿把他们当成诗人甚至是好诗人（他们也未必不是，但这不是重点），却不愿把人群中一个写得很好却完全不像诗人的人当成诗人，更不会当成一个好诗人，这说明我们聚光的小眼睛盯着的始终是一些我们当年就看见过并在意过的东西——标签、猎奇、励志、流量和光环，却从来不会去关注诗人和诗歌本身。这是因为，在我们根深蒂固的观念中，压根儿就不存在真正的诗人和诗歌这种东西。

你拥有一份糊口的工作，你拥有一个任性的女儿，你拥有一双年迈而多病的父母，你经常在上司的白眼和下属的奉承之间无所适从，你需要周旋于一日三餐、人际应酬和还没来得及实现的抱负之间。你还拥有一个去乡下买地盖房子、种田的梦想，或者反过来说，这些你都不拥有，你所拥有的是一种另外的生活。事实上，无论你所拥有的是哪一种生活，这种生活在真正的诗人那儿也都能一一对应，总有真正的诗人会拥有。我的意思也就是说，真正的诗人就在你们之间，他们并不在你想象的那种地方过着一种和你完全不同的生活。更直接一点说吧，真正的诗人有可能就是你自己。

当然，你知道的，我并不是说随便写点儿分行文字你就能成为诗人。要成为一个诗人，一个真正的诗人，你还必须要有相应的训练、相应的观念和与之相应的独特感受。如果你只是人云亦云、陈词滥调地写些酸不拉唧的小诗，只是为了享受身为诗人一员的殊荣、享受发表和获奖时那种虚假的感动，那也不是不行。因为很多人和越来越多的人正在这么做，但我还是劝你趁早算了，那并不比结实有力的生活带给你的快乐更多。坦白地说，如果你没有玩儿命写出点儿好东西的抱负和与之匹配的努力，诗歌是不会在黑暗中寻找到你这种拙劣骑手的。但是，如果你真这么干了，我想早晚有一天缪斯会在窗外看到你，她会破窗而入，降临在你的桌面上，到了那时候，你也不会再想着诗人不诗人的这点破事儿了，你唯一需要做的就是做一名她最忠实的记录员。

## 2

世界的甜不一定都是甘蔗的
那一折就断的甜
只适合在嘴里
舔了又舔
我所要的甜
也不是雪中送炭的那一种
一袋大米
一对红联
灯笼一挂
欢天喜地的
纸屑
有些甜
看似一张旧报纸满墙贴
其中，墙上的人
就算你打着灯笼
找个遍
不如睡个觉
在那里
见上一面

这首诗的名字叫《世界的甜不一定都是甘蔗的》，作者是卢辉。我把它复制在这里，并不是为了证明它有多么好，而是想说明好诗的某些基本特征，读上一遍你就知道我所说的是什么了。时至今日，我已经忘记最初是在网上还是一本书中读到它的了，但可以肯定的是，这是为数很少的我第一次读到就喜欢、至今仍然喜欢、或许将来还会喜欢的诗之一。第二次读到它是在几年前的一个下午，在一列飞快移动的火车上，在污浊不堪的空气中，我默默念出声来，似乎有一根斑斓的绳子从那些句子中穿过，将它们按照某种秩序串在一起，在火车的晃动中，每个字都因此而叮当作响。

事实上，这样的诗并不多见，充斥在我们周围的是另外一种：它们频频出现在诗歌杂志的目录上、朋友圈制作精良的公号里、无数奖杯和获奖证书的作品栏，出现在它们的作者赠送给你又即将被你丢弃的诗集内页，出现在庄重之中又带点儿滑稽色彩的舞台上，出现在一个对诗歌的理解永远停留在门外汉程度的姑娘声情并茂的朗诵里，总有这样的诗歌，总有这样的姑娘，也总有这样的诗歌被这样的姑娘选择。一句话，它们是我在前文所说的那些对诗人抱有不切幻想而又成为蹩脚诗人之后写的诗。

我想我已经具备了这样一种能力，在距离它们三米开外的地方，我就能闻到这种需要捏着鼻子才能写完的诗，它们总是散发出一股在冰箱放了至少半月以上的食物的味道。换句话说，它们是坏透了的诗。不过，这些坏透了的诗给你带来的教益也并不比那些好诗更少，即使不更多，至少也绝不亚于后者。你无数次读到、听到这样的诗，而它们唯一同时也是最大的作用，就在于时刻警醒着你永远不要写得像它们一样坏。

位于坏诗以上和好诗以下的中间层的那些诗，就不用说了，虽然它们在诗歌金字塔中所占比例并不小，但无论怎么说，它们也只是用坏诗和好诗勾兑出来的那种东西。

来说说好诗，从金字塔的中间层往上走，走到塔尖儿上之后，你就能看到它们了。它们也是食物，但不是能放到冰箱里的那些食物，或者说，它们是即使放在冰箱里也不会放坏的那些食物，无论放了多久，再拿出来时，它们依然都会保持着最初的样子，依然能散发出最初的味道。它们从泥土里发芽，被阳光扶助着生长，在雨水和季节的馈赠下收获，在一个阳光灿烂的早晨，它们成熟的表皮上挂着几滴晶莹剔透的露珠，一双巧手将它们摘了下来，递给你。于是你看见了并将会品尝到这样的食物，在它金黄色的表皮上，在它那些被微风轻轻吹动的绒毛之中，潜藏着整个世界的秘密。

不过，你并不是总能拥有与一首好诗相遇的机会。事实上，它们藏在暗处，藏在高处，藏在一切人迹罕至的地方，藏在一本真正的发行量不超过 1000 册的诗集之中。需要澄清的是，我绝不是在说此时此刻你手头上正在翻阅就是这样一本诗集，而是我们要建立起对好诗的这种认识。朋友，只有具备了这样的认识，我们才能谈谈什么是诗什么又不是诗，什么是好诗什么又是坏诗，否则我们还谈论些什么呢？你的时间非常珍贵，而我的时间也不是大风刮来的，我们还不如去哪儿喝上一杯，聊一点儿别的。

## 3

我真正开始写诗是2014年从北京来到武汉之后。如果把“真正”这个词定义得严苛一些，那么这个时间点还应该往后再推迟两年。直接原因是受了一帮诗人朋友的影响，而深层原因则是我想从文化写作中逃离出来。此前我写了十几年随笔，这显示了浪漫、修辞、文化、知识等传统美学在我身上的劣根性。那种写作是无我的，也是无效的，而诗歌给了我一条有我之路，让我用简单的语言去发现、接近和抵达我的日常及日常的我。如果说我之前的写作用的是右手，那么我的诗歌写作用的则是左手，右手用习惯了就换左手试试。左手是陌生的、新鲜的、不听使唤的，但用多了你会发现，右手是大家的右手而不是你的，只有左手才是你的，而你原来竟然毫无发觉。

诗在日常，我在诗中所写的也无非是我的日常，这没有任何问题。事实上，也没有什么是不能入诗的，跟其他文体一样，诗歌并不需要特别的题材和内容。如果愿意的话，我完全可以写一个沐浴中的女人、你家的狗死了、我父亲22岁时的照片、在克拉马斯河附近或者铁匠铺和长柄大镰刀——就像卡佛那样，也可以写酩酊大醉的酒鬼生活、应召而来的摩登女郎、一辆红色保时捷、在窗外读《圣经》的超短裙少女——就像布考斯基那样。然而问题在于，我既不是卡佛，也不是布考斯基，同时也不是我不能成为的任何一位诗人。换句话说，我只能成为我自己这样的诗人，而你也一样。

我不愿意去多写疼痛、底层和悲悯，因为我没有沉重、陡峭和苦难的生活经验，也不愿为了要写而去接触它们，轻逸、平坦、幸福的生活尚且不值得炫耀，何况其反面？我也不写那些充满抽象、思辨和知识性的玄而又玄的诗歌，知识分子式的写作我在懵懂无知的年纪曾经有所尝试，但我现在忌惮它的语言打滑——言不及义或因言害义。坦白说，我的生活简单、随性、重复，就像日子本身一样。我更愿意贴着这种生活去写，无论写诗还是其他，它们未必奇崛、深刻或者神圣，但一定是我个体的真实感受和即时感受，不拔高、不虚饰，我的每一句诗都不违背这种真实和即时。

现在，很多诗人都学会了这样一句话——写诗就是说人话。这说起来很简单，但是要做到这一点却并不容易。如果没有这样的训练，你也学着写下一堆分行的“人话”，当你再看第二眼时，我保证你会被它们弄得意兴阑珊：这也能叫诗吗？这也配叫诗吗？确实，你写下的并不是诗，仅仅是一堆狗屎。不过没关系，我也写过狗屎，事实上我也不能保证现在写出来的就不是狗屎。我要说的是，说人话仅仅是写诗的第一步，它并不能保证你写出来的就是诗，而要让“人话”成为诗，这个路途还相当遥远。

在一次访谈中，王单单说我的诗属于“有篇无句”，整体感很强，完成度也很高，但很少有名句，他问我是否为了维护整体感而刻意消解名句？他问到了问题的本质。老实说，我也想写过名句，也为写不出来焦虑过，但现在我避免写出名句。写名句，其实还是传统美学的那点儿东西在作祟，那是一种古典做派，而非新诗应有之举。相比之下，我更倾向从整体上去观照一首诗，让它呈现一种事实的诗意甚至反诗意的诗意。所以我用日常语言写作（不仅仅是口语），把每个汉字都当成单词甚至字母，去修辞、去意象，让它们像自行车链条一样咬合在一起，像砖块一样层层垒砌出一个空间，呈现出什么都没说又什么都说了、一无所见又清清楚楚的质地。

我就是这么写诗的，我用我的方式写只有我才能写的诗——在很大程度上尽管这还只是一个目标而非现实。几十年来，中国当代诗歌的公众特征开始（已经）被诗人的个人性和具体性所替代践行，众人之诗让位于个人之诗，传统之诗让位于当代之诗，这当然是诗歌现代性的必由之路。事实上，我一直也觉得个体性就是现代性，至少是它的一部分，即要到空旷地带去写而不能在集体或某几个人的美学阴影中去写，要作为一个人去写而不要作为一个诗人去写，要为了自在和表达本身去写（不要“写诗”，而要写“诗”）而不要为了一种“为了”去写。作为一个诗人我们要写出的是个体表达和个体感受，因为最小的个体中也始终隐含着最大的集体。一个人就是人类。

这也就是说，相比于言志和言情的历史传统，我认为诗（新诗）最本质性的一面是言我，无论是在形式还是内容上，用我的方式写出来我的感受（没有感受也是一种感受），把我从千篇一律的、陈词滥调的我们之中拎出来，把我从历史的和未来的我们之中拎出来，而又以这种拎出来的方式去补充着整体和全部意义上的“我们”。而至于到底是不是这样的呢？我姑妄言之，你且姑妄听之，也可以只当是一阵耳旁风。

# 第一辑

# 静物

# 听海

在夜深的时候来到海边
海就成了一种声音
机械，单调，一遍一遍
走着听，坐着听，躺下来听
也在不听的时候听
浪声扩大了被夜色缩小的海面

你我日日相伴，几近无话可说
但是此时又没话找话
说高悬于头顶的那片星辰
说右前方那轮西沉的通红上弦月
直到浪声成为一种背景
直到我们沉默下来，浪声又起

# 白昼之月

我们走在一条连接
我们刚刚离开的地方
和我们将要前往的地方的路上

一些人走在我们的身边
说笑着，顺着我们的方向
或者正好相反

说的什么已经忘记了
反正当时我在说你在听
接下来我看见了，指了指

于是你也就看见了
一个白色的月亮
挂在下午，淡蓝色的天上

一个白色的月亮

挂在下午，淡蓝色的天上
比任何时候的它都更像一个月亮

# 噪音聆听者

这不是我窗外唯一的声音
然而它分贝巨大
足以掩盖住其他声音
成为我耳朵中唯一的声音
它的节奏
于是也成为我的节奏
这是一种很钝的声音
是铁落在铁上的
或者铁落在水泥墙体上的声音
一个戴红色安全帽的工人
正操纵着那种声音
把我，以及附近
很多跟我一样的人拎出来
并为我们命名：噪音聆听者
当他突然停下来时
我（们）就感觉到了一种怅然若失

# 局外人

响起一阵摇拨浪鼓的声音
的确是一阵摇拨浪鼓的声音
这是在今天午睡醒来时听到的
我一动不动地听着

那很有节奏的声音传过来
它来自楼上，中间
还夹杂着男人和孩子的说话声
后来说话声消失了
摇拨浪鼓的声音仍然继续着

应该是那个孩子摇的吧
摇了足足有十几分钟
我还是一动不动地听着
等到我习惯并喜欢上了这声音
那个孩子突然停了下来
停了下来，同时对我的倾听一无所知

# 巨响

把一本书放在地板上
把第二本书放在第一本书上
把第三本书又放在第二本书上
接着是第四本，第五本
直到第七十六本
七十六本书就那样摞在地板上

这时候，一阵风吹过来
或者是用手指轻轻点一下
它就会轰然倒塌
但是并没有那阵风，那个手指
巨响一直隐藏在安静中
整整一个下午

晚饭之后我出了门
再回来时那摞书已经倒塌在地
那轰然的一声谁听到了

可能有人听到了
也可能没有
此刻我坐着，想象着那一声巨响
在这个安静的冬天的夜晚

# 鱼

把三条金鱼养在玻璃罐中
把三条金鱼养在玻璃罐中
已经养了三个月
三天换一次水
三天喂一次鱼粮
其中一条
是在第四个月死的
另一条
是在第五个月死的
现在只剩下一条
一条金鱼在玻璃罐中游动着
一条鱼在玻璃罐中游动着
鱼在玻璃罐中游动着

# 火车

傍晚时分我走在这段铁轨上
他们和一只黄色的猫
也走在这段铁轨上
他们两手空空
提着菜篮或腋下夹着被子
走在这段铁轨上
走到我的前面、背后去了
消失在一栋栋低矮的房子里
那只猫也是这样

傍晚时分我走在这段铁轨上
他们和一只黄色的猫
也走在这段铁轨上
这是一段废弃的铁轨
那种呼啸的岁月已经远去
但我想我们都看见了
我们想象中的那列火车

# 气

每个人都冒着每个人的气
农民冒着农民的气
工人冒着工人的气
乞丐冒着乞丐的气
母亲冒着母亲的气
孩子冒着孩子的气
你什么也不是
那就冒着什么也不是的气
你冒着你的气
我冒着我的气
我们都被固定在里面
慢慢发酵

# 把一只苹果藏在衣柜里

把一只苹果藏在衣柜里
有一天下午，突然间
我冒出这个想法
于是我真的就去拿了一只苹果
把它藏在衣柜里
然后我就出了一趟远门，很多天
彻底忘记了这件事
再回来时我打开衣柜
就闻到一股淡淡的苹果香味
我就找啊找的，翻了很多遍
最后在一件上衣口袋里找到了那只苹果
我拿着那只苹果
想起了是我把它藏在衣柜里
想起了那天下午
想起了那天下午的那个想法
也可以说，是我打开衣柜
从里面拿出了那个想法

# 咖啡馆里的一盏灯

现在是晚上八点半
我坐在咖啡馆靠门口的位置
我看到左前方的窗边
有三把椅子围着一张桌子
桌子上有一盏灯
一直亮着

它在等一个人
两个人，也可能是三个人
它在等他们坐下来
喝茶、喝咖啡、聊天、沉默
然后注意到它
变得更亮，或者更暗

# 灯光的用途

心情好的时候
会把房间里的灯全部打开

心情不好的时候
也会把房间里的灯全部打开

房间里的灯全部打开的时候
是心情好的时候

房间里的灯全部打开的时候
也是心情不好的时候

但房间里的灯全部打开的时候
你并不知道我的心情，是好还是不好

# 习惯

今天下雨，但我要去见你
因为昨天我没有去
明天也不会去
而后天，无论天气如何
我会再次去见你
因为大后天我不会去

很长一段时间以来
这几乎成了我的一种习惯

是的，在我的习惯里
应该还包括这些：
去见你的那天我会想着
第二天不用去见你了
而不用去见你的那天我会想着
第二天将要去见你

# 声音

安静明亮的日子在二楼窗外
被阳光、树木、花草
和鸟鸣所填满

我正趴在窗前写东西
外面突然传来一阵割草的声音
割草机的嗡嗡声
第一次没有让我感到厌烦

我停下来听，那声音
带着草茎被斩断的气味
一阵阵传过来
几分钟之后又消失了

接着有人开始说话
聊家常，用的是方言
后来说话的声音也消失了

窗外再次恢复了
刚才的那种安静和明亮

我重新开始写
一边写一边闻着
还没散尽的草茎的气味
以及刚才窗外的那些割草声

# 烟囱总是成对出现的

从武汉去长沙
铁路沿线，有好多烟囱
都是成对出现的

当只看到一根烟囱时
我在想，另一根
是不是塌了

在一根烟囱都看不到的地方
我也在想，这里
以前是不是也曾有过烟囱

是最早就只有一根，塌了
还是最早有两根，塌了一根
后来又塌了一根

# 上游

一整个下午我们都在渡河
不是到对岸，而是上游
逆流而上，我们蹚水
或者是踩着巨石
来到山谷深处石龙河的上游
那差不多是傍晚时分了
每个人都很累
我们坐在一块块巨石上
看着快要降落的傍晚
几个少年也坐在一块块石头上
抽烟，他们刚洗完澡
有着黝黑结实的肌肉
和明亮的牙齿
抽完烟后他们穿上衣服
踩着石头跳向我们
又越过我们，往下游走了过去

一转眼就消失不见了

紧接着，傍晚就降落了下来

# 鹰和我

一块青白色的天空
一只鹰飞在那里
让它更像一块天空

一只鹰飞在那里
证明着空气动力学原理
它有时扇动翅膀
有时不扇动
有时滑翔、有时盘旋

我一直看着它飞
飞到让我觉得无聊了
它还在飞
当我把目光收回来
它依然还在飞

它是一只鹰

所以它只能飞
如果它是我
就只能站在地面上
看着鹰飞

# 一块游动的姜

一块切掉四分之三的姜块发芽了
我把它放进一碗清水里
于是那根芽就越长越高
现在，芽尖顶部一分为二
一分为二地倾斜着
就像一只鹅的两片嘴
就像有两片嘴的一只鹅
浮在一碗清水里
让我想起那首著名的诗
你应该知道我想起的是哪一首
我看着它，久久地看着它
用目光赋予它一种游动之感
它游动着，游动着
又在游动之中突然静止下来
成为一块发芽的姜

# 杯子

下午三点四十分，一只杯子
放在橡木桌左侧的边沿
下午三点四十分的光线
打在它白色的瓷面上

它是空的，里面没有水
也没有残留茶叶、茶垢
这是一只我刷好晾干的杯子
在所有我用过和会用到的杯子中
它正好是摆在我眼前的那只

我们隔着一伸手的距离
我可以抓一把茶叶投进去
再倒进去一些开水
但我只是安静地注视着它

我喜欢这只杯子，我喜欢

就这样安静地注视着它
一只杯子，在橡木桌左侧的边沿
在下午三点四十分的光线中

# 秩序

一整个下午我都在归置客厅
我把那张废弃的桌子移到阳台上
把两个木头沙发靠墙摆着
把小茶几摆在它们中间
把布艺沙发摆在它们对面
把地毯铺在木头沙发和布艺沙发
之间的一小块空地中央
把几盆绿植摆在墙角和茶几上
我在客厅里走过来走过去
微调着它们之间的间距和空隙
傍晚的光线从窗外洒进来
让它们呈现出了它们该有的样子
我满意地看着眼前的一切
它们对应着我内心深处的某种秩序

# 二十楼的一声叫嚷

他是一个无人理睬的精神病人
因为他是一个精神病人
他经常在路边叫嚷
——听不清叫嚷的什么
对着每个过路人，每根电线桩
或者每一团空气
目眦欲裂，音量越来越高
过路的人因此侧目，快速走开
我也是那过路人之一

我刚刚从菜市场买菜回来
又做了一次过路人
现在是上午十点半
阳光灿烂，窗子大开
隐隐市声从四面八方传来
他的一声叫嚷夹在中间
准确地传到二十楼我的房间

我的耳膜，我在等他继续叫嚷
我没有等到他后面的叫嚷
我趴在窗前看着下面的街市
也压低声音发出了一声同样的叫嚷

# 古代的梨子

那是一些无人采摘的梨子

一只鸟在啄其中一颗
两只苍蝇在叮另外一颗
梨子从溃烂之处
散发出一种香甜的气味

更多的梨子挂在枝头
熟透于阳光中
或者滚落下来
躺在草丛里，安静地腐烂

这是今天上午
在这座院子的最高处
我在一株梨树下看见的一幕

我没有驱赶那只鸟

那两只苍蝇
我也没有采摘那些梨子
只是静静地看了一会儿
就下来了

那是一些古代的梨子

# 坐在橘子树下吃橘子

山坡上有一棵橘子树
橘子树下
落了一地的橘子

坐在橘子树下
吃橘子

一瓣一瓣地吃
一个接一个地吃

吃到第四个时
突然为一树的橘子
只有我一个人吃感到难过

# 两只柠檬

两只柠檬摆在桌角有大半年了
涩手的、枯干的、塌陷的
像两只乳房

而你还记得它们最初的样子
油滑的、明黄的、饱满多汁的
也像两只乳房

那些消失的部分
颜色、光泽、汁液，哪里去了?
你惊异于时间的作用
更惊异于之前的从未留意

在丢掉之后，你轻声念：柠——檬——
在这两个清脆的读音中
那些消失的，仿佛又都回来了

上一次，你念起那些好听的名字
是在云南山中的墓碑前

# 谁的牛

山坡上我看见一头孤零零的牛
一头正在低头吃草的牛
不知道是谁的牛
山坡上没有人，只有那头牛
一边走一边吃草
拖着一截黑色的缰绳
可以把它牵回家去，有一刻我想
那样它就成了我的牛
不再是谁的牛
谁家就少了一头牛
我家就多了一头牛
对谁和我来说
这是完全不一样的
但是对牛来说，这都是一样的

# 电梯速写

电梯门开了
进来
一团空气
香的
紧接着
是一个女人

电梯门又开了
走出去
一个女人
紧接着是我

电梯门
又合上
那被关住的一团
空气，香的
上上下下地来回跑

# 原始森林

最近买了很多植物
绿萝、风信子、蟹爪兰、铜钱草
观音莲、月季、吊兰、仙人掌
薄荷、红掌、珊瑚树、长寿花
阳台上还有枯萎的云竹和铁线莲

有时候我把它们都摆在桌子上
我就躲在这些植物后面
为了制造一点效果，我又打开音响
于是就来了鸟叫、虫鸣
一阵阵雷声、雨声和流水声
真的就是一片原始森林了

除了我是多余的

# 去南宋

挑起行李，上了岸
一身夏布衣衫的他，撩起头巾
跟站在船头的我告别
我情绪很坏，大声喊道：
如果城里局势危急怎么办
他远远地挥起手说
跟随众人吧，万不得已
先丢掉包裹箱笼，再丢掉衣服被褥
再丢掉书册卷轴，再丢掉古董
只是那些宗庙祭器和礼乐之器
不能丢，必须跟它们生死与共
别忘了！说罢，他翻身上马远去了
不久之后他就病死了
在接下来的三十四年里
他留给我的东西一点点散尽
除了我，除了我这个
再嫁后又离了婚的女人还在

在绍兴、在杭州、在金华
风起时我经常会写一种
很多很多年后被称为词的东西

# 一个吹笛子的男孩

一个吹笛子的男孩
正走在去库斯科的路上
永远地走在去库斯科的路上

戴着一顶毡帽，穿着一双草鞋
背着一口沉甸甸的布袋子
他的身后是高山、梯田与河流
他正在路过一株植物

那是 1954 年，在秘鲁
在比肖夫镜头里的一个男孩
我看到了那个男孩
在比肖夫那张著名的照片里

我的意思是这样的：
我先看到了那个男孩
然后才意识到那是一张照片

# 一个男人坐在渡口

一个男人坐在渡口
是在等船
还是在等船上的人

一个男人坐在渡口
浑然不觉
许多燕子穿梭在他的周围

悄悄地站到他的背后
用他的眼睛看江水
用他的想象
想象一只被等待着的船
或者船上的一个人

在这一小会儿里
我消失了
而他成了双倍的他

直到他突然之间转过身来

直到他突然之间转过身来
把我还给我

# 失眠

在深夜里推开二十楼的窗户
把头探出去一些
再出去一些

直到左右两边余光里的
楼房边缘消失
你就会产生
一种在半空中飞翔的感觉

在深夜里
整栋楼的人都在昏睡
只有你是清醒的
只有你在飞

只有你在飞
只有你会落地

# 不知道为什么

两条鱼并排摆在一起
准确地说，是两条深海鱼摆在一起
更准确地说，一条是完整的
而另一条只剩下鱼头

不知道为什么
完整的那条，我老是想象着
它只剩下鱼头时的样子
而只剩下鱼头的那条，我老是想象着
它完整时的样子

# 在码头

码头上有一截老旧的引堤
引堤下面是空的
几根水泥墩子支撑着它
一个人在引堤下面钓鱼
一个人把货车开上了引堤

现在，车正经过钓鱼人的头顶
钓鱼的人没看到开车的人
开车的人也没看到钓鱼的人
我同时看到了他们俩
我同时替他们俩紧张

## 海与太阳

我们去看了头一晚的日落
又去看了第二天的日出

夕阳在一夜间变成朝阳
那火红的一轮，落下
或者升起，映衬出
快艇、渔船、远处的巨轮
和岸边人群的剪影
大海一时被赋予许多内容

但我们从不在白天去看太阳
我们只是头顶着它
来到海边，望向空空荡荡

# 桉树的气息

一些枯干的桉树
一些被砍掉树冠的桉树
一些幼小的桉树
以及一些枝叶茂盛的桉树
出现在一条笔直的乡村公路左侧

那时候我们骑着摩托车
正穿过那条公路
和那些桉树，那些桉树
静静地立在微风中
完全不像它们在诗歌中那样
散发出桉树的气息

也许我们还年轻
它们散发出的桉树的气息
要等到很多年之后
才能抵达我们

# 旧物仓

旧物仓里有一张旧桌子
旧桌子上有一本旧书
旧桌子旁边有一把旧椅子
在旧椅子上坐下来
翻那本旧书
翻到了一个加框的名字

# 手表

时针指向 2
分针指向 55
秒针指向 27
这是我手表上的时间
这是我手表上
几年前的一个时间
我的手表没有坏
只需要轻轻摇晃一下
秒针就又开始走了
分针和时针也开始走了
我看不见分针和时针在走
但是它们的确在走
现在是下午
2019 年 5 月 15 日 4 点 34 分
我不知道它们
走在过去的时间里
还是走在现在的时间里

# 北美冬青

从花店里买来三株北美冬青
和一只玻璃瓶
提着它们坐车
下车，走一小段路
来到你十八楼的家中

给玻璃瓶罐上清水
洒一包营养液
然后把冬青的枝条剪短
在尾端剪出十字形
插进玻璃瓶中
你的家中就多了一瓶北美冬青

一瓶北美冬青在你家里
占据着一瓶北美冬青那么大的位置
它的果实饱满，鲜红

它的确是一瓶北美冬青
但有时候又不是

# 阳高之夜

这由远及近的，一阵
轮胎摩擦雨后柏油路面的声音
经过窗外，又由近及远了
最后消失在某个地方
接着是一段空白
或者另一阵这样的声音
重复、单调、机械

在阳高县的第一个夜晚
我一直没有困意
我从远方带来的耳朵
只好一遍遍倾听这样的声音
它从一种背景变成对象
在深夜陪伴着我
成为一种很好听的声音

直到上一阵和下一阵

声音之间的空白越来越大
越来越大，在那段空白之中
最后我完整地交出了自己

# 自由

从一天的忙碌中回到家
洗完澡坐在台灯前
没有任何想法地枯坐着
这会儿我不知道
能做点儿什么
我取出一支笔和一张白纸
那是一支黑色碳素笔
一张泛着亮光的白纸

我在白纸上点下一个点
以那个点为原点画出一条线
我可以画出一条直线
也可以画出一条曲线
我画出的是一条不规则的线
它在白纸上拐了很多道弯
现在还在继续拐着
而我在享受着它的拐

就是这样，在这个深夜
这条线载着我
驶向我们从来都没去过的地方

# 每一种动物曾经都是自己的主人

一个人牵着一头牛
那个人是假的，那头牛也是

在傍晚的光线中我看见
这样的一幕，在这儿消失的一幕
现在又被固定在这儿

很多很多年前，在这儿
确实有一个人牵着一头牛
那个人是真的，那头牛也是

更为久远古老的年代里，在这儿
确实还有一个人和一头牛
那个人是真的，那头牛也是
但他没有牵着它，它也没有被牵着

# 俞伯牙和钟子期

我经常去楼下的花坛里坐着
经常坐在同一张躺椅上
躺椅后面有一扇窗
那儿经常飘出一阵琴声

琴声有时候是那么好听
有时候又那么不好听
不好听的琴声里都站着她的母亲
好听的琴声里只坐着她自己

# 二十楼的雨

临近傍晚的时候下雨了
我听到一阵阵雨声飘过来
我听到了这是我的雨
这是二十楼的雨
二十楼的雨落到十九楼
那就成了十九楼的雨
十九楼的人听着十九楼的雨
接下来落到十八楼
那就又成了十八楼的雨
十八楼的人听着十八楼的雨
一楼的那些雨是另一种雨
它们会直接落在叶子上
雨棚上或者地面上
发出清脆的一声又一声
住在一楼的人会听见那些声音
住在一楼的人是另一种人

# 第二辑

# 叙述与抒情

# 裸泳

喝完酒我们去抚仙湖裸泳
深夜的湖水是黑色的
温热，并闪烁着原始之光
我们泛白的身子一跃一跃的
那不曾被阳光照射的部分
现在被月光照射着
被水中的彼此所看见
我们距离婴孩的时间不等
却拥有着同一种白
我们置身的水域不同
却拥有着同一种被环绕的感觉
水面之下那纯洁的羞耻感
应该也是一样的
游累了就出来，就上岸
就在夜色中窸窸窣窣地穿上衣服
就告别了我们短暂拥有的动物之身

# 傍晚时分穿过三斗坪

傍晚时分我从景区出来
跟着一队游人汇入了街头
穿过密密麻麻的店铺
穿过熙熙攘攘的人群
我来到空旷的长江边上

我远远看到
一个穿红裙子的小女孩
独自坐在那条长躺椅的一头
这一下子让我觉得
整个世界上只有我们两个人

我慢慢走过去
看见了她脱掉的粉红色塑料凉鞋
她低头拨弄的小马
我走得越来越近
甚至看见了她脚背上的一小块疤痕

她后颈上淡黄色的绒毛

我已经走到她身边了
她也没抬起头来
还是在拨弄着那只小马
我的到来是为了确认
整个世界上只有她一个人

# 雨夜

一只土狗对我摇晃着尾巴
就像对它的主人那样，我蹲下来
然后它就跑过来蹭啊蹭的
也像对它的主人那样

这是春天的一个雨夜
许多人正在山上的一间房子里喝酒
就在几分钟之前
我也是那许多人之中的一员

雨水窸窸窣窣地落下来
不断刷亮窗前微光中的那些树叶
房子里传出的一阵阵劝酒声
把雨声压得很低很低

后来我又出来了两趟
那只狗就瑟缩着挨着我的脚边待会儿

雨还在继续下，天很冷

远处很黑，我们都感受到了这一点

# 一只红气球

午后，一只红气球
吊在山坡前的一小块空地上
阳光透过树枝洒下来
把它变成了一只有斑点的红气球
这是谁的红气球
四周没有一个人除了我

有汽车鸣笛的声音在很远处响起
有人在三楼的会议室开会
一个缺席者转到后山
看见一只有斑点的红气球
吊在山坡前的一小块空地上
有一小团正被阳光加热的
空气，包裹在它周围

# 春日一幕

一个苍老的女人坐在草坡上
坐在铺着垫子的草坡上
望向远处
她的身边没有他
也没有年龄相仿的女伴或者
环绕而欢闹的儿孙
他们今天没来
还是正在不远处准备野炊的食物

她一动不动地坐着
并保持着那个一动不动的姿势
孤弱的样子就像多年之前
少女时代的一天
风和日丽，她也坐在这儿
或者一处跟这儿差不多的草坡上
——没有垫子，青草就是垫子
她也一动不动地坐着

并保持着那个一动不动的姿势

在漫长无助的年月里
她沿着自己的躯壳旅行
突然之间就抵达了，外部的女人
就此成为内部的女人
但她并不为此感到追悔、痛惜
苍老使她变得平静了
空茫的眼神望向远处，多么干净

# 对面

我要到对面去，他也是
但我们要去的不是同一个对面
灯还没有变成绿的
许多车一辆接一辆开过去

我在路的这边看着那边
看见他（他并没有注意到我）
有时候我能看见他，而有时候不能

他正斜靠在一棵树上
手里提着一兜水果
他要到对面的医院里瞧病人吗
或者是到什么人家里去
很快灯就变成了绿的
我就走到对面去了，他也是

这是一个阳光灿烂的早晨

对于阳光灿烂，我想
我们可能有着完全相反的想象

# 栽种的过程

那些花草早已经枯了
我把它们的枝叶和茎秆拔掉
把板结的土壤从花盆里倒出来
倒进一个蓝色塑料桶中
一点点揉碎那些土块
一共有四只花盆

接着我把新买的瑞香
插进花盆，用揉碎的土块
填在它发达的根系周围
对于新买的吊兰
富贵竹、罗汉松，我也是这样做的

有整整半个下午
我都沉浸在栽种的过程之中
并逐渐喜欢上了这个过程
我还为它们都浇了水

并清洗了每一片落满土尘的叶子

最后当我把这四只花盆
摆到每天伏案的桌子一角上时
午饭之前那些令人耿耿于怀的东西
差不多也就已经烟消云散了

# 在多依河

在多依河的这边望向那边
油菜是黄的，树是绿的
一座灰色的起伏的山
一座黑色的屋舍和其他屋舍
都那么像山，像屋舍
只有在那儿，在河对岸
才那么像山，像屋舍
我无比向往那里的生活
就像我在遥远的北方
也无比向往这条绿色的河流
游览车在岸边移动着
就像船在水面上移动着那样
直到抵达上游，又回来
直到走出景区的大门
上车，一切就烟消云散了
包括那无比的向往

直到我再次回到遥远的北方
直到那种向往再次产生

# 雾中所见

罗平县有一座彝族村寨
村寨旁边有一座山
山上有一个打扫垃圾的男人

下午，我在大雾中登山
他手机里的歌声先于他出现
然后是坐在山顶亭子里听歌的他

下山，在下到半山腰时
还能听到那歌声
而他又再一次隐在了大雾里

在这条通往山下的栈道上
一个打扫垃圾的男人的自由自在
跟随着我，却不能成为我的

# 下午

下午我们去昙华林
看了一个近现代建筑展，爬山
在巷子里逛了几圈
进了几家小店
在其中一家还喝了酒
后来我们又去了一家咖啡馆
喝茶，吃东西，聊天
一直到很晚
出来时天已经黑透了
我打了一辆车把她送回家
我没有下车
我坐那辆车也回了家
现在夜里十二点多
外面下起了小雨
我倚在窗台上看雨
一栋黑色的楼顶上，亮着“如家”

两个红色的大字

又亮又安静

# 马

他坐在前面
我坐在他的后面
我握住象征耳朵的两根塑料棒
同时弯曲腿部
微微站起来，向前挪动着
我们下面的马也就跑动起来

伴随他的一声声“驾驾驾”
马便从客厅中央
跑到了卧室门口
又从卧室门口跑到了阳台前
在阳台前，他还不让马停下来
我也就不停下来

他还小，他喜欢这样的马
他喜欢这样的马给他
带来这样的跑动

我喜欢着他这样的喜欢

她偶尔够出头来看看
骑马的我们
她正在厨房做菜
她的丈夫正在回家的路上

# 四方形的

房子是四方形的
客厅是四方形的
卧室是四方形的
床是四方形的
厨房是四方形的
卫生间是四方形的
阳台是四方形的
桌子是四方形的
电视机是四方形的
洗衣机是四方形的
冰箱是四方形的
手机是四方形的
我也是四方形的
偶尔圆那么一下
又成了四方形的

# 一块冰

冰箱里结了一块冰
我小心地揭下来那块冰
那是一大块呈不规则圆形的冰
厚度是均匀的，非常平整

我把那块冰拿到阳台上
坐在躺椅上看那块冰
就像照镜子一样
盛夏之际的这个中午
天气非常炎热
我看到那块冰开始冒热气
同时感觉到有水顺着手臂流下来
冰块一点点融化
水顺着手臂一点点流下来
就是这样

直到那块冰化完了

我还在凭空托举着两只手
这时候她午睡醒来
看见我正坐在阳台的躺椅上
十分专注地看着前方
她问我你在看什么
我说我什么也没有看

# 秘密旅行

楼下的街叫后长街
出小区，右拐，沿着后长街
走大约五十米
就到了彭刘杨路

继续右拐，一直走
走过三医院，湖北剧院
再穿过首义广场
就到了武珞路

沿着武珞路一直走
走过湖北省立图书馆旧址
一条岔路，李书城旧居
就来到了龙华寺

寺门口有一大片竹林
其中的一棵竹子上

刻着一行歪歪扭扭的字
“陈小董我只爱过你”

有一段时间，每天深夜
我都会散步到那棵竹子那儿
然后再折返回去

# 栗毓美

一个叫栗毓美的人在墓冢里面
我们在外面

这是十一月的一个傍晚
几分钟前我们下车
从广场走进这个景点
沿着神道走进大殿
又从大殿走进这座墓园
走到他的汉白玉墓前

绕墓冢一周
我们知道了他是一个古人
一个河东河道总督
178 年前他死在巡防河堤的任上
被皇帝敕赠太子太保
谥号恭勤

最后来到他的墓碑前
我们又知道了他还是一个女人的丈夫
两个儿子的父亲，三个孙子的爷爷
以及一个曾孙子的太爷爷

# 昨日一幕

我把一束含苞未放的栀子花
插在一只有大半瓶清水的瓶子里
一天之后它就开花了
散发出一股股浓烈的香气
我把栀子花端到卧室
卧室就有了栀子花的香气
我把栀子花端到客厅
客厅就有了栀子花的香气
我把栀子花端到阳台上
阳台上就有了栀子花的香气

曾经我像端着栀子花这样
在停电的夜晚端着一盏煤油灯
我把煤油灯端到西屋
西屋就有了煤油灯的光亮
我把煤油灯端到厨房
厨房就有了煤油灯的光亮

我把煤油灯端到堂屋
堂屋就有了煤油灯的光亮
那光亮映在餐桌前一家人的脸上
直到来电很久后也没有消失

# 瓦松

房子要老到一定程度
屋顶上才会长瓦松
上次是在石牌
这次是在上渡
一样的瓦松
长在不一样的屋顶上
一样的瓦松
以前用来入药
现在成为荒芜的象征
经过这些瓦松
这些老房子
和它们紧闭的木门
你走远了
并在走远中想起
一段去向不明的生活
和一些面目模糊的人们
你什么都不清楚

只是知道

他们也都曾经

拥有一颗颗清晰跳动的心脏

# 赶鸽子的男人

鸽群在空中一圈圈盘旋
它们来自地面
等一会儿还将返回到地面
下午四点钟的阳光
比上午十点钟的阳光明亮
一个男人站在阳光里
眯眼望着那些鸽子
他等待着它们降落下来
降落在他所置身的小广场上
啄食星星点点的鸽粮
他也将再一次张开双臂
以一种飞翔的姿势
冲向鸽群，把它们赶往天空
鸽群也将再一次受惊
疾速扇动刚刚合拢的翅膀
同时带走他飞翔的姿势
同样的动作他已经重复过三次了

他很无聊，他很幸福
而我也大约如此

# 那一年

那一年桂林的冬天异常寒冷
临睡之前，她总要喝一杯温水
我就烧一壶热水，倒满一杯
用两只杯子来回倒腾着
直到温度降下来，抿一口再递给她
后来我想出了一种聪明的办法
先倒半杯热水，再倒半杯矿泉水
摇上那么一摇，然后递给她

这已经是很多年前的事了
很多年过去了，我已经不记得
我们在一起时的更多细节
只是此刻，看着杯口袅袅的热气
我才想起来这仅有的两幕
但是并不追悔，也没有痛惜
她离开我，“她离开我”这件事离开我
就像热气离开杯沿是一种必然

# 母亲，或者遗物

十点起，照例去小店过早
照例一碗热干面

旁边，已经坐了两个老太
一左一右，边吃边聊

一个说，儿子刚移民加拿大
另一个说，儿子从英国毕业
在北京8年，前些年去了澳洲

边说边拿出手机，划拉照片
同时口中念念有词：
这是歌剧院、音乐厅、唐人街

我不如她们的儿子这般出息
远渡重洋，成了洋人
我只是从农村来到了城市

但我的母亲与她们倒有一比
年龄相仿，口气相似
谈起我时必满脸幸福，且左顾右盼

仿佛，只有在谈论之中
她才拥有一个确定无疑的儿子

# 第一次登上黄鹤楼

第一次登上黄鹤楼
是在它对面住了一年之后
这一年来，我时时都能看到它
晾衣服时，给绿植浇水时
或者写完东西后的那一转身
——却从未想过爬上去

现在，我跟着来旅游的家人们
穿过旋转楼梯和热烈的人群
登上最高层，在远近高低之间
准确地找到了我住的那栋小高层
顺着我的手指，他们努力辨认
好像我们上去只是为了确认它的存在

# 雪人

沿着石阶爬上去
路过一个亭子继续爬上去
爬到山顶，沿着
山顶的那条小路往南走
在傍晚柔弱的光线
和夏天的气味中往南走
走过一旁的龙华寺
走过一座废弃的石塔
走过一个小广场
走上一段缓坡，继续走
我们就能走到那个古炮台遗址
我也就能准确地走到左边的
第五个垛口
去年冬天我们在那儿
堆过一个雪人
但是现在它已经消失很久了
不，它还在那儿

# 猴子与猴群

拾阶而上，见一只猴子
正蹲立在台阶右侧的山坡上

它撕扯完行人投去的食物
也会攀援到枝头，昂首望一望

继续拾阶而上，见更多的猴子
被关在那只猴子背后的铁丝网之中

它比它们拥有更多的自由
它替它们享用自由

但是，它从来不会跑远

# 充气娃娃

在断桥上眺望远山
浮云、江水，最后目光落在
水草中的充气娃娃身上

她的身子已经瘪了
大腿和小腿也已经瘪了
乳房还是圆鼓鼓的
圆鼓鼓的，引起我们的讪笑

时间并没有带来腐烂
流水也没有，在江水的冲刷下
她身上越来越干净、清晰
她的头发和眼神也是

为了拍得更清楚一些
我走了过去，为了某个角度
甚至我还用手拉了拉

她的身子，那冰凉的身子

一个不存在的人，在我的指肚上
感受了半秒钟的体温

# 坐轮渡过江

到了江中心时
才感觉到长江的宽
江风的大和夜色的深

有个姑娘趴在栏杆上吹泡泡
泡泡一串一串又一串
刚飘出塑料棒，就破了

有一个孤零零的泡泡
飘了好远才破，它破了真好
不然总是担心它会破

# 如果你也跟我一样

在空空荡荡的草地上
有一把空椅子
有一把空椅子
在空空荡荡的草地上
那么显眼、突兀
让每个路过的人都会看上一眼
都有想坐上去的冲动
坐上去，心里突然空落落的

# 旅程

这一趟大概需要 8 分钟 20 秒

它们从太阳边缘出发
穿过漫长的真空，广袤的黑暗
厚厚的大气层，云和云之间的空隙
有雾霾和喧嚣的城市上空
和晾衣绳上一个虚张的怀抱
准确地停在我的皮肤表层
然后，就再也不能深入下去了

现在我帮它们转弯，通过眼睛
进入更深更黑的地方

# 一种不具体的死亡

一只乌龟死了
另一只还活着
我把死了的那只丢掉
给活着的那只换了清水
透过透明玻璃缸
我看到它在水中上下游动
活泼，真实，具体
就像它之前那样游动着
也不能这么说
事实上我也忘了
死去的到底是哪一只
活着的又是哪一只
我只是知道
一只乌龟死了
另一只还活着

# 南飞之心

——给王晖

你来自的地方我还没去过
就像我来自的地方你也没去过
但是在罗平，我们一起
乘车、吃饭、参观
属于他们的地方也暂时属于我们

几天后，我们一起坐车去昆明
在车上，从你低微的言语里
我感受你们那儿，你在那儿的生活
你说你经历过生死，也已经
看淡了生死，但你还是想离开那儿

我不知道将来，你能不能
从那儿顺利离开，安身于昆明
不过想起你来，我就会想到
翠湖里的那些海鸥，去年冬天
飞过你头顶时，它们也都揣着一颗颗南飞的心

# 自杀的方式
## ——致一位法警朋友

你曾经开枪杀人
我知道，那是你职业的一部分

打死第一个人之后
你常常梦见自己也被五花大绑
被人用枪管抵住后脑勺
“砰”的一声，子弹从嘴里射出

后来你又打死了第二个
第三个，直到第二十七个
那个梦才消失，你握枪的手才不再抖
就像此刻，你端起酒杯时那般

这不禁让我对你刮目相看
开了二十七枪，你才把自己打死

# 鸟语

一个阳光灿烂的中午
一条石凳上，我坐下来
周围是一些高大茂密的树木
我不认识那些树木
也不认识枝叶间的那些鸟

它们在光影之间跳动着
发出既不聒噪也不悦耳的叫声
我听不懂它们在叫什么
我知道你也听不懂
但我还是录了一段发给你

几分钟后你也给我发来一段鸟鸣
我也听不懂它们在叫些什么
你也知道我听不懂
但我已经明白了你的意思
正如你也已经明白了我的意思那样

# 表情

老陈在山上的院子里
堆放了很多等着换钱的老物件
老赵看中了一头石狮子
给老陈转了 1200 元
老陈把石狮子卡在电动车的踏板上
要给老赵送到老赵的车上
老陈推着电动车往外走
老赵和我们都跟着老陈往外走

老陈两岁的小女儿哭着
摆着小手不让老陈走
老陈的老婆把她拉到房间里去了
但她幼小而洪亮的哭声并没有消失在房间里
而是消失在我们拐弯时的耳膜中
是的，她还小，还不懂事
她还和她的不懂事待在一起

就像那头石狮子，一直
还保持着最初被雕刻出来的表情

# 幕帘

你今年多大了。十岁
一个女声问，一个男声答
隔着幕帘我听见了
一个女声问，一个男声答
的确十年了
阴阳相隔是另一道幕帘
那个十岁的男孩
我不能确认他到底是不是
我的父亲

# 那么好的春天

大大前天起了风
大前天是阴天
前天下雨
昨天多云
今天阳光灿烂
绿的绿，红的红
春天有了春天的样子

那么好的春天
你也不回武汉看看

# 虚空之诗

现在我喜欢这样的写作
很小的房间，一张桌子，一台电脑
一包烟，没有书架和 Wi-Fi
有某些遥远的东西慢慢传来

窗外，最好有雨，最好
还是淅淅沥沥的那种
如果能再带点风，那就更好了
我趴在很小的桌子一角

我趴在二十楼的一扇窗户背后
这栋楼在后长街，后长街在武昌
武昌在中国，中国是地球上的一只鸡
地球是宇宙中的一粒尘埃

# 远和近

我说，兰州
我说，南京
我说，玉溪
我说，黄山
我说，香格里拉
我说，黄果树
我说，中南海
我说，黄鹤楼
当我说起这些
你首先想到的是什么

如果是地名
那么你离我远一些
如果是烟
那么你离我近一些

# 时间问题

他是她的丈夫
她是他的妻子
他们种地、种菜
肩上扛着刃片明亮的锄头
其中的一个
偶尔也会出去打一阵儿短工

不知道为什么
那时候他经常打她
即使当着他们三个小孩的面
即使当着我的面
她被打得肩膀一耸一耸的
哭声响亮
不过第二天就又好了
一起下地
又一副有说有笑的样子

后来他不再打她了
至少我没见过他再打她了
这让她看上去
一下子衰老起来

# 上渡渡口

在陌生的地方而不觉得陌生
见到素不相识的人
而感到亲切
但此地的生活已不再属于我们
我们从遥远的地方
从时间的前端而来
早上又从对岸来到这里
在镇子上转了一圈
此刻又回到这里
对岸于是成为风景遥远的地方于是也更遥远了
胖嫂的船已经开走
我们没有赶上
就只好在渡口等着
空阔的江面上没有一只船
空阔的江面上来了一只船
(不是我们在等的那一艘)

直到它开过去很远
浪才拍到岸上

# 一九九八

我每天从家到学校走两个来回
脑袋里装着电路、烧杯和二次函数
走路很快，沉默不语
我哥坐在师专明亮的教室里
用一册蓝皮笔记本抄录
老教授的板书和女同学的回信
我爸用一辆凤凰牌自行车
把蔬菜驮到集上，有几个番茄
总在他回来的时候散发出寂寞的红光
我妈奔走于灶台和田地之间
蓝色的水裙上沾满面粉末
一块锄片儿在她肩头银光闪闪
两头黄牛终日埋首于石槽中
吃草长膘，有节奏地反刍
应和着我睡梦里轻微的鼾声
那一年，我们都很有目标

除了我爸种下的那一丛毛竹
在院子的空白处肆无忌惮地乱长

# 同学

那是迄今我见过的最大的月亮
在罗平县城的一角挂着
明亮，上面的暗影非常清晰
我坐在一辆摩托车后座上
他正开着那辆摩托，我曾经的同学
十六年前，在一座北方小城
他告诉我他来自这个地方
现在我来到这个地方，坐在他身后
这个月薪三千的机动车检测工
三个孩子的父亲，某个女人的丈夫
只有现在，只有我坐在他身后
他才能再一次成为我的同学

# 夜归人

傍晚他去喝了一场酒
刚才又去喝了另外一场
现在都结束了

从酒桌来到寒冷的街口
他钻进一辆及时赶来的出租车
温暖如春、如子宫
他歪在后座上
望着缓缓移动的街头

此刻他们是否也看见了
此刻他正在看着的？
近处的男女跺脚，哈着热气
远处的灯火明灭
这实在的街景犹如幻象

他就那么歪着、看着

空茫的眼神挂在一扇玻璃窗后面
一辆车载着它穿过城市

# 给余秀华

上来后，你抽了两根烟
我们打了四圈牌

叫你打也不打
你在一场牌局之外
又在四个人之中
你是 3：1 的多余

在一阵沉默之后
你终于走了，带着什么
上来的，又带着什么下去了

我看见你坐过的沙发
那凹陷下去的部分
过了很久也没有再一次弹起来

# 后门进庙

菩萨顶坐落在灵鹫峰上
可以从前门进
沿着一条很长很陡的台阶
也可以从后门进
把车子直接开到后门外
我们选择的是后一种
庙是跟其他地方差不多的庙
其他所见也无非如此
不能因为有雪，有鹰
有明亮的阳光而神话一座庙
从后门进，从前门出
沿着门前那条很长很陡的台阶
我们又一路走下去
一个男人拄着双拐走上来
他走走停停，在我们
快要经过他的时候
他站定了，看着我们

一小块夕阳闪闪发亮
停在他那根很细的右假肢上
我相信，那就是菩萨顶
刚才已经赋予我们的那种东西

# 马鞭草

我站在一大片马鞭草中
马鞭草的那边是松林
松林的那边是群山
群山的那边是地平线
地平线是褐色的
天一点点黑着
地平线越收越近
远方从远方移动过来
依次落在群山
松林和马鞭草上
直到几步之外的地方
直到几步之外的地方
也看不清了
远方与此地合二为一
我来到这一大片马鞭草中

# 广州美发室

打工的人回来了
打工的人又出去了
打工的人留下五个大字
广州美发室
曾经是艳红色的
散发着新鲜好闻的油漆味儿
如今它们也旧了
但仍刻在上渡镇旧街
两栋新房子之间
一栋老房子的门楣上方
没人再光顾这里
即使是那个打工的人
对于那个打工的人
我一概不知
我只是觉得广州
是一个让人无比向往的地方
至少对他来说是

至少对镇上的人来说是
但那是很多年前的事情了
后来广州沦落了
广州的沦落
并不发生在广州
而是发生在广州之外的许多地方
譬如这里

# 盛开

守口堡的春天已经到了
漫山遍野的杏花可以证明这一点
来看杏花的人可以证明这一点

白色的杏花，粉色的杏花
红色的杏花，盛开在旷野里
烽火台下，上山的水泥路两边
也盛开在这个叫守口堡的小村子里

最好看的就是村里的这些杏花了
它们盛开在村口，土墙外
以及每一家每一户的院子里
既盛开在那些宽敞整洁的院子里
也盛开在那些山墙屋梁垮塌的院子里

# 士兵和杏花

一个年轻的士兵站在烽火台上
瞭望，他的任务就是瞭望
从夏天到秋天，从秋天又到冬天
除去睡觉、吃饭和换岗之外
他一直在目不转睛地瞭望
他等待着那些突袭的马匹和敌人
一场战争将由它们带来
但是它们一直都没有出现
在本来应该出现它们的地方
只有起伏的山脊，漫天的沙尘
从碧绿变成枯黄的野草以及
这一棵那一棵的黑色矮树
这个春天，那些突袭的马匹和敌人
仍然没有出现，但他还在瞭望
在目不转睛的瞭望中他看见
那些矮树开出的一片片粉红色花瓣

# 烽火台下

沿着一条陡峭的山路爬上去
爬到荒凉的山顶上去
爬到那座孤立的烽火台边
站在那儿向四周望一望
远处辽阔的风景会尽收于眼底
一些来自远方的事物也会被存留在那儿

今天，你从遥远的地方过来
你从遥远的地方把你自己带过来
带到山顶的那座烽火台下
在无比漫长的岁月里，不只有你一个人
从遥远的地方把自己带过来
带到山顶的那座烽火台下

# 如果

在镇边堡做一个普通的农民
饲养一头普通的耕牛
听着有节奏的反刍声入睡、醒来
在田块和院子之间往返
驾驶一辆铁红色的机动三轮
一个黑脸膛的女人坐在车帮上
在月亮高过房顶的夜晚
卸下种子和化肥，听风呼啸着
用一些沙尘撞击窗玻璃
在这个阳光灿烂的春日午后
蹲在门前抽一根烟卷，眯眼打量
突然而至的这些外地游客
在他们的背影中出神
又在小女儿响亮的呼唤声中
从早年的那个梦想里返回
牵住她的小手，往院子深处里走

# 无限

深夜，我们走在郊外
南方一座小村子的郊外
从远方来的两双鞋底
摩擦土路的声音
应和着一阵阵响亮的蛙鸣
月亮挂在淡蓝色的天空一角
一些星星也是那样
远处一盏微暗的灯火灭了

我们继续走着，春天
空气里浮游着植物的气息
细微的流水声在前方
一点点传过来
我们走着，走在
一条消失在河岸边的土路上
就像脚下的这条土路

我们是有限的

而无限环绕着我们

# 第三辑

# 旁观者

# 养蜂人

他的老婆在摇蜜桶
他的一儿一女，在搭积木
他在外间撸起裤管

他把抓来的几只蜜蜂
放在膝盖上，让它们蜇
他曾经抓过几千只蜜蜂
放在膝盖上，让它们蜇

他说，他的骨折
就是被这样蜇好的
那时候，他在呼伦贝尔
现在，在红水河边
他准备采用同样的方式
来治疗一下前列腺

他是如此贫穷，多病
以至于浑身充满甜蜜

# 很多匹马中的一匹

它是很多匹马中的一匹
我是很多人中的一个
在云南大山包的草原上
我从远处走向它
从它的主人手里接过缰绳
把它的头抱在怀里

把它的头抱在怀里
一遍又一遍地轻抚
它那粗厚的肌肉和皮毛
从一种视觉之物
成为我手掌心里的具体实在
我感受着它的战栗

我感受着它的战栗
在我的抚摸中渐渐平息下来
感受着那战栗传递给我

成为我的，然后我松开手
在草地上走来走去
就好像那很多匹马中的一匹

# 与一只狗的对视

在下山的路上我遇见一只狗
一只不知道从哪里来的狗
体形中等，毛发凌乱
不是一只宠物狗
也不像家养的那一种

我停在路边等它通过
它停在路中间，好像也是这么想的
但我们并不理解对方的意思
一动不动地互相打量着
一种古老的敌意在我体内形成
不知道它也是否如此

几十秒后它掉头，往来时的方向跑了
这也让我从那种敌意中恢复过来
继续朝着原先的方向走去

同时，它夹着尾巴跑动的身影
在我的眼睛里再一次成为一只狗

# 洞庭湖
——给晓帆

在君山岛的岗子上
我望见一片绿色的草地
那是一片特别大特别大的草地
离我最近的是一些芦苇
再过去是一长条油菜花带
几艘白色的铁船停在更远的地方
我隐约能看见红色的桅杆
和船舷上几只黑色的橡胶轮胎
在汛期没有到来之前
它们航行在一双眼睛的回忆之中

# 藕煤

一间灰白色的房子出现在拐角
一间朝路边开了一扇门的
灰白色的房子
门紧闭着，落了锁
灰白色的墙壁上写着三个字
三个黑色的字：卖藕煤

藕煤，我喜欢这个名字
把嘴巴曲成O形，再向四周打开
就能发出这两个音节来
藕煤，藕煤，藕煤
对着春天的空气
我一遍又一遍地念，藕煤……

房前的这块空地上，曾经
有一个穿灰衣服的男人提着煤球机
打出来一排排整齐的藕煤

一排排整齐的藕煤
在角落里散发出安安静静的光
后来的光是在冬天，小街上
一个个通红的炉灶里
而现在的，则是这个名字本身

# 张谷英

张谷英曾经是一个人的名字
现在是一个村的
五百多年前，一个江西人
沿着幕阜山脉西行，走到渭洞
看见群山环绕成一块盆地
便在此定居下来，繁衍生息
不错，这个人便是张谷英
春暖花开的时候到了
我们跟着游人穿过他的层层宅第
穿梭在他的后人们中间
如今，他们又靠他发了财
这个明朝的指挥使兼风水先生
葬在村外的一个小山包上
他的墓地前，在我们经过的这个午后
有几个人正在那儿乘凉、聊天

# 岳麓山下

湖南大学紧挨着
湖南师范大学
反过来说，也是一样的

我走在从湖南大学
到湖南师范大学的路上
这是冬天里非常晴朗的一天
阳光照在我身上

不时有一对对学生情侣
迎面走过来
阳光也照在他们身上

一个长得不好看的很黑的
男生
和一个长得也不好看的也很黑的
女生

也迎面走过来
他们牵着手

阳光也照在他们身上

# 一户

得意春风金桂树
知情时雨润新苗

这是马路边
石桥坪村八组 41 号
屋门两边的一副对联
横批：茁壮成长

院子里是空的
没有一个人
屋门也紧闭着

屋门右边的墙根上倚着
一只背篓
里面装满了新鲜的红薯叶

## 城顶街

淡蓝暮色中的城顶街
他们在吃饭
他们在我们对面吃饭
隔着一条马路

客人还没有来
他们是肥婆宵夜摊的第一拨客人
肥婆，肥婆的儿子小胖
还有小胖的伯父
这是后来小胖告诉我们的

我们还没有吃饭
我们看到他们在吃饭
我们看到
每一个过路的人
都看到他们在吃饭

我们看到
每一个过路的人
都因此加快了步伐

# 看到和听到的

翻过一道山岗后
我们走上了一条下坡公路
一条白色的公路
通向前方的一个村庄

但我们并不是要去
那个村庄
晚饭还没做好
我们只是随意出来走走

我们看到了村前
绿色的田野
屋檐，土坯墙
以及兴建中的小洋楼
我们还看到了
蓝色的天，白色的云朵
灰白色的炊烟

还有一些不是看到的

比如一些虫鸣

比如几声鸟叫

再比如突然传来的一阵哀乐

# 达拉维

我们走在一片垃圾场上
这儿原来是一片池塘，导游说
后来变成了垃圾场
走在上面我有明显的下沉感
然而奔跑中的他们没有
他们还小而且瘦弱
一只风筝在半空中飞
他们追着那只风筝在地面上飞
第一个抢到它的人
拥有下一次放飞它的权利
我知道这需要比拼
风筝落下那一刻的判断力
追逐的技巧，和征服贫寒的勇气
一个男孩在那场追逐中胜出了
他站到隆起的垃圾堆上
羞涩而骄傲地向我们展示他的胜利

那的确是他的胜利，以及

我们这辈子再也拥有不了的胜利

# 乌代布尔

乌代布尔的房子是白色的
乌代布尔的阳光是白色的
乌代布尔的阳光打在乌代布尔的房子上是白色的
乌代布尔的街上是白色的
两个披红纱丽的女孩子走在街上
她们走到哪里，哪里就变成了红色的

# 去野三关的路上

二十多个男人女人
从遥远或不太遥远的地方
乘坐一列列火车
或早或晚地来到这里
坐上这辆破烂的小巴
坐着、蹲着、倚着，或者站着

我们谁也不认识谁
我们都在等着开车
现在，车开了
开上一条崎岖的山路
当拐过一道陡弯的时候
所有人都往同一个方向歪去

## 汉阳峰

游庐山，登上汉阳峰时
想起女司机的话
站在峰顶能看见武汉
七岁时，母亲
也曾经这样说过
站在房顶上，就能看见
出远门的父亲
是的，虚空中有苍茫的清晰
是的，我恐高
却痴迷于一切高处
就像此时此刻
地球托着汉阳峰
汉阳峰托着我
极目之处尽收眼底
不能看见的，虽然还有很多
比如另一个世界的父亲
比如究竟有没有另一个世界

# 夜行张家界

晚饭之后相约着出来散步
七个人，四男三女
有老有少，时快时慢

沿河而行，而后上桥
有人说，不早了回去吧
有人说不如再转转

正在街头踯躅之际
有一对儿恋人走过来
从我们左前方走过去
走到斑马线上

她的右手插在她的右口袋里
他的右手穿过她的腰
也插在她的右口袋里
一束车灯打来，准确地将他们照亮

# 天门山所见

去游天门山
在张家界市区中心
坐缆车上山，八人一组

透过轿厢玻璃，沿途所见
依次是：街道、停车场、行人
晾晒的衣服、火车站、砖瓦房
垃圾场、废墟、池塘、垂钓者、坟包
然后是树和草，是山，是盘山路

到山顶转一圈，又坐缆车下来
沿途所见与上述一样，只是次序颠倒
只是下午的阳光变成了暮色

但一去一回，我们就看了两遍人间

# 在芙蓉镇

过了瀑布就是猛洞河
过了猛洞河码头就是老街

灯盏渐次明亮
照着石板路、青砖、黑瓦
这灰扑扑的街头，灰扑扑地明亮起来

芙蓉镇以前叫作王村
举着斧子当街劈砍腊猪头的老妇人
曾经是个少女

# 灵溪上

水是绿的，山是青的
木船载着我们顺流而下
一个老汉正在悬崖下垂钓
一对夫妻正在树冠下唱着山歌

我们羡慕他们古老的岸上生活
或者正如他们也羡慕我们
这些身穿橙色救生衣的现代游客
——他们的真实想法无从得知

船头靠岸时，船身也为之一颤
然后我们纷纷脱下救生衣
我们那幸福的一闪念也随之结束
仿佛他们即刻完成了漫长的一生

# 夜访刘年

——兼致刘年

我们拐回来，重新走进暗黑的石板街
但是我们并不知道你
究竟会从哪一扇门板背后闪出来

我想起，这里是你妻子的家
当然也是你的家，只是你现在回来很少
就这么想着、走着、走着

突然听到“吱呀”一声，转过头去
只见你正探出圆圆的脑袋
仿佛也要加入我们这支去你家的队伍

# 骡子们

犹如翻捡箱子
扯出一件多年前的旧衣裳

在永顺县老土司城，我又见到了
这消失多年的物种
此刻，它们正在一趟趟地
运砖、运沙、运水泥

这纯粹的杂种，强壮而有力
被生下来的目的
就是为了强壮而有力

就像牵着它们的那些汉子

# 雁门关所见

进了雁门关
沿着一条上坡的石板路往里走
路两边就是低矮的民居
和非常冷清的店铺
在一间店铺前
一个男人正在打磨木刀
他面前的条凳上摆了很多把木刀
看了会儿木刀，我们
继续往里走
就到了瓮城、关楼和长城
我们爬上了长城
爬上长城的我们看见了
塞外，以及塞内
回来的路上
再次经过那间店铺时，我们看见
那些木刀还摆在条凳上
那个打磨木刀的男人已经不见了

蹲在条凳后面打磨木刀的
换成了一个七八岁的男孩子

# 在合江楼
## ——致毛子

我们走着走着，就没话说了
江水流着流着，就变成了湖水
我不说话，像清江；你也不说话，像长江
合江楼是一座猩红色的纪念碑。我们沉默
运沙船的突突声，加重了我们的沉默

# 做客山中
——给曾冰

越小的鸟叫声越尖
越晚的梨花开得越白
春天的细节，存在于你家
没有院墙的院子里
春天，眺望群山，余光
正落在清明的纸花上
左边是爷爷，右边是婶婶
老屋后的山坡上是父亲
亲人漫山遍野，亲人
在很细的炊烟下炖鸡子
从山坡下到山坳，路边
那一株还在冬眠的梧桐
秋天的叶子挂在春天的枝头
让我想起早晨出门的你
嚼着饼干，碎末越过髭须
因为风而四散飘零
又因为重力而徐徐落下

# 他只是需要一块石头

沿着一条江边小路
我朝江水流动的反方向走去
一个老头躺在路边
一块石头上
他鼓鼓囊囊的鱼鳞袋子
也靠在那块石头上
他侧躺着，曲着身子
他躺得那么安静
一动不动，就像死了一般
或者就是真的死了?
我停下来看着他
看了一分钟，两分钟
或许有三分钟吧
终于他伸手挠了一下小腿
我转身继续朝前走

# 去风山途中

走车的公路也走人，也走畜生
消隐的骡子，突现的马队
证明着这里的贫穷、偏远和原始
而马，马上的人，骑马的姿势
在这幅画面的牵引之下
仿佛我们一闪进入了古代
又仿佛它们一闪进入了现代
只有隐隐的青山绿树纹丝不动
成为一种古今相宜的背景

一脚油门，将马队后面的我们
送到马队之前，但又在路边停下车
等它们追上来，好补拍一张照
就像等着一截流光追赶上另一截流光
一种风景追赶上一种心情
直至一只大眼侧现在车窗之外
但美好的趋近空无一物

漫长的时光一闪而过

我只记住了那长睫毛下的油亮和忽闪

荒凉如昨日，新鲜如今朝

# 程海即景

如果不是我吃
这一截甘蔗就是别人的
这一截甜也是

如果不是我转身
这一阵海风也是别人的
这一阵冷也是

如果不是我看见
这一幕画面也是别人的
这一幕想象也是

——那个卖甘蔗的老妪
正在数钱，到了晚上
她还会去灯下再数一遍

# 二合木厂巷

一个骑自行车的男人
从我身后
骑到我前面来了
我看到他呼出的一股白气
他的毛线毡帽
蓝布上衣
以及卡在车后座上的一捆芹菜
接着车把一拐
他就骑进前面的巷子里去了
后来我走到巷口
看到一块写着“二合木厂巷”的铝牌子
也看到了他的背影
我望了望他的背影发现
二合木厂巷需要一个这样的背影
这是在平遥
这时候太阳刚刚升起
空气里充满了一股煤烟味

# 在广胜寺

下雨了，我们
先是在廊檐下避雨
然后进庙
绕一座明朝的琉璃塔参观
接着进入一座大殿
从大殿出来，又进入另一座
然后是一个院子
很深
当走进最后一间大殿时
我才发现
那么大的广胜寺
来参观的只有我们七个人
也可以说
那一天，广胜寺的菩萨
只见过我们七个人

# 新郎和新娘

那个男的和那个女的
准备结婚了
所以他们来拍婚纱照
所以他们在湖边
一遍遍接受摄影师的指挥

往左一点，往右一点
头低一点，头高一点
笑一下，再笑一下
笑得多了，再收一点

他们甜蜜而空洞的表情
留在照片之中
将被悬挂于一面墙壁之上
以爱情的名义
直到多年之后上面积满灰尘

拍了有整整一上午吧
到了最后散场时
他们终于露出真实而快乐的一笑
被我悄悄拍到并带走了

# 游龙进溪

有鸬鹚但不捕鱼
有船但不载人
有吊脚楼但不居住
有洗衣女但不洗衣
有山歌但不对应爱情

一种脱离了所有人的生活
在这里继续进行着
古老而新鲜
就像阳光下
此时此刻枝条上的嫩叶
就像嫩叶上此时此刻的阳光

那时候我们正走在龙进溪南岸
我们要走到龙进溪北岸去
但首先我们要走到龙进溪尽头
坐在黄龙瀑下抽一支烟

我们也不知道为什么
要坐在黄龙瀑下抽一支烟

# 金鸡峰丛之一

油菜花，你喜欢的是这一片
那一片，还是这一片和那一片
以及另外几片的组合？
就像在远处，在山顶上
你一眼望过去所看到的那样

油菜花，我喜欢那些
半开半谢的，凋落在地上的
或被折下来拿在手里的
因为距离金黄，距离油菜花
这个名字和它对应的画面都很遥远
它们才成为真正的油菜花

# 金鸡峰丛之二

观看油菜花的方式有两种
一种是坐车，在花海中穿行
另一种是登高，在山顶上远眺

我宁愿喜欢的是后一种
或者说，我宁愿两种都不喜欢
不要在油菜花开的季节去看油菜花

不看，你就看不到那样的油菜花
就看不到那样的油菜花的灿烂
也就看不到那样的灿烂中的那些墓碑

# 三辆单车停在树林边上

三辆单车停在树林边上
三个男孩子
在爬树
我们从远处走过来
看他们爬树
后来我们去了江边
他们跟了过来
跟我们一起打水漂、聊天
于是我知道了
他们都姓刘
两个 10 岁，一个 8 岁
我给他们拍了一些照片
我说明年再来
把照片也给你们带来
就在树林里碰头
他们都说好

他们那么小

对陌生人的话还深信不疑

# 乌江闸口观钓

这里的鱼
和我们那里的鱼
有什么不一样

这里的垂钓者
和我们那里的垂钓者
有什么不一样

这里的我们
和我们那里的我们
有什么不一样

没有什么不一样

地球上只有一条鱼
只有一个垂钓者
只有一个我们

也可以说
垂钓者就是我们
我们就是垂钓者

地球上只有一个人
他要么钓鱼
要么不钓

# 过大清国万人坟

为国捐躯的人们被草葬于此
这里，130 多年前的战场
才得以成为眼前的陵园、景点
山上的绿树红花，山中的骸骨
拳拳之心被茂盛和鲜艳取而代之
今天，冬日艳阳高照的一天
从友谊关和古炮台下来
我们转到这里，不上香也不登高
只是沿着山下的小路溜达
绿叶的清凉，尘泥的腥气
盛放小花偶然的摇曳
昭示着此地自古最年轻的一天
似无牺牲必要也能抵达的一天
多少沉重，至此轻盈、美好甚而浮华
意义覆盖意义犹如今天覆盖昨天
那些斑斑点点的虚实明灭之前

唯有逝者的幻觉还一再为生者所重复
以及望向它们的热烈而空旷的眼窝

# 王家大院

他们，他们那样的生活
已经永远地消失了
此地空余遗迹、遗物
院子里挤满了四方的游客
我也是其中到处张望的一员

后来我离开人群
穿过一座新建的吊桥
走进一座院子，从那里出来
又走进另一座院子
接着走进第三座，第四座
每一座院子都是空的
每一扇屋门都上了锁

一个人走进一座空院子
就像走进了许多年前的那一幕
我在院子里呆呆地站着

我望着每一扇紧锁的屋门
那时候我刚刚放假回来
我的父母刚刚走进田间地头

# 海鲜市场

被撬开的生蚝，绑住的龙虾
红塑料盆中的石斑鱼
仍惯性游动于昨夜的海水
自由延续在一盆之中
我对这片海的认识，更多
来源于这里

开膛破肚后，又化整为零
沾满鳞片的粗厚大手，轻抚
案板之下酣睡的孩童
——他或在做一场与海有关的梦
我对此地渔民的认识，更多
也来源于这里

我逛逛看看，不问不买
不偏袒也不归属于
它们和他们的任何一方

却又无往不在于它们和他们之中
我对我的认识，更多
来源于遥远的别的地方

# 气泡鱼

一条鱼会出现在哪里
一条气泡鱼又会出现在哪里
案板、船舱、水族馆，或盘子
都是必然，除了眼前
它死了，被海浪冲上沙滩
才显示出它来自大海
就像眼睛遮蔽着泪水
字典隐遁了这首诗里的每个字
直到，直到太阳升起
有一个影子在大地上移动

# 湖边

我们走在洞庭湖边
我，她，以及她的母亲
一种距离在我们之间
产生，并拉长或缩短着
拉长或缩短着
但却不对应于隔膜
湖水退却之处
剩下竹篓、碎瓷片、泡沫塑料
和几只绿色的瓶子
经过一遍遍的浸泡、冲刷
它们已变得异常干净
在松软的泥沙上
这些垃圾脱离了具体生活
而存在着，存在着
并散发出一种新鲜而亲切的光

# 第四辑

## 三餐四季

# 一个普通的早晨

吃了没？吃了
去买菜啊？去买菜
一个问，另一个答
热切，庸常，毫无意义
但是被你听到并记住了
接着他们就消失在相反的方向

空空荡荡的街角
你停留在原地
看着墙边上的一只猫
从楼房的阴影部分走进了阳光
并伸了一个懒腰就像她
就像她以前那样

你停留在原地
站立着不动，就那样站立着
想着以前

这是一个普通的早晨
你拥有一个普通的早晨
但你想着另外一个普通的早晨

# 距离

这是我们的第二次见面
你出差了，来到我所在的城市
坐上出租车，我们
从火车站，穿过大半个城区
到达我的楼下，吃饭
然后上楼，喝茶，说闲话
间歇沉默。上一次没有逾越的
这一次依然没有
最后送你下楼，打车去旅馆
我转身，进小区，回房间
这突然而至的空旷，是否
也正如此刻，你车窗外深夜的街头
坐在你坐过的塑料椅上
才发现，你面前和我面前的
那两只玻璃杯子
仍在以沉默的方式进行着交谈

# 这个城市有一个人

这个城市有一个人
每天他在很早的时候出门
又在很早的时候归来
提着一整天的食物和水
那时候，很多人都还没睡醒

中午他一根根清洗菠菜
晚上又静静地卤牛肉
他写字，跟画面和想象中的人为伍
“滋啦”一下的炒菜声是他房间里最大的声音
偶尔他也透过窗户望一眼蓝天
或者去陌生而遥远的地方走一走
变成一个自己都不认识的人
然后，又把自己从那儿带回来

这个城市有一个这样的人
有时候你会在街上和他擦肩而过

会在他的眼睛里认出自己
但只是互相看了一眼，你们就走了过去

# 独居

那组沙发买回来之后
我的身体就喜欢上了沙发
经常躺在那儿，侧着
正着，看电视、看书或者午睡
夜里在那儿躺久了
也会睡着，第二天醒来
才意识到在那儿睡了一夜
我的身体比我诚实
它喜欢那组沙发，喜欢它
舒适的淡蓝色亚麻布面
宽厚的靠垫，小巧的抱枕
甚至是两侧扶手所隔成的长度
——那几乎等于我的身高
但最重要的是它喜欢它
比卧室里的那张双人床要小很多
刚好适合一个人躺在那儿

# 广场

以前用来集会的地方
现在用来散步，甚至散步
也很少有人来这里
就像现在，这里就空空如也
灰蒙蒙的天空底下
只有我一个人正穿过广场

我还记得夏天的傍晚
有人在这里跳舞、纳凉
春秋两季有人在这里放风筝
躺椅上有坐卧的年轻人
我还可以想象更早一些时候
这里有涌动的旗帜、脸庞和口号
有农田、屋舍，或者荒草

但现在广场上只有我
只有我空洞的动作和表情

我从这里斜穿过去
只是为了少走上几步路

# 在天台

一连阴雨了七天，直到今天
今天早上太阳出来了
中午我来到天台上晒太阳
我又看见了太阳
和太阳下的那几块菜地
我看见那几块菜地又泛绿了
熟悉的颜色，亲切的泥土
一个男人正蹲在田垄间浇水
阳光落在他的肩头
也落在他的小铁桶和舀勺上
我首先想到他
肯定是一个农民的儿子
然后我又想到我
也是一个农民的儿子
一个农民的儿子
和另一个农民的儿子
就这样相遇在二十七楼的天台上

我看了看他，他看了看我
我们看到了清晰又朦胧的乡村生活

# 我并不拥有时间

在电脑前我坐了一晚上
但我并不拥有这一晚上
时间，挂在我屏幕的右上角

第一次看它时是 19:35
第二次看它时是 20:47
第三次看它时是 22:56
最后一次看它时是 00:00

这一晚上就像消失了
我定定地看着四个 0
和它们中间的一个冒号
看了将近有一分钟
直到最右边的那个 0 变成 1

在电脑前我坐了一晚上
但我并不拥有这一晚上

我只是清晰地拥有这一分钟
我只是清晰地拥有这一分钟的感受

# 夫妇

结婚多年他们没有孩子
也没有打算要孩子
就养猫，养过很多只
既有自己家的
也有朋友们送来寄养的
他们对待每一只就像对待同一只
就像对待他们
养了十年的叫小咪的那一只
他们很忙，忙于活下来
但总有多余的精力
分给这些柔弱的小东西
这么多年来他们
没有孩子去嫉妒这些猫
就像这些猫也从不去嫉妒
那个没有出生的孩子

# 武汉阀门三厂

武汉阀门三厂
这几个字
挂在复兴路一栋房子的外墙上
我去地铁站时看了一遍
回来时又看了一遍

武汉阀门三厂
这铁红色的六个大字
四个繁体，两个简体
那栋房子现在成了一间小店
一个男的正坐在门口
看报纸
他的女人，他的孩子
正趴在柜台上吃早饭

傍晚散步时
我又去了一趟复兴路

小店已经打烊了

两片门板紧闭着

紧闭的两片门板上写着两个大字

左边一个是“拆”

右边一个也是“拆”

# 等于

有时候，是鼻尖之前的热气
或者走路时的突然一抖
才让我意识到了
眼前的我，和我的眼前

既不年轻，也不苍老
而是冒着热气的，新鲜的
此时此刻的，只有
此时此刻的我才是我的全部

也只有在此时此刻
我的灵魂才等于我的肉体

# 坦桑尼亚

我经常去楼下那条小街过早
一条歪斜的小街，角上
有一家叫作“湖南米粉”的小店
有时候中午晚上也会去
档口是两个女的，一老一少
后厨是两个男的，也是一老一少
年老的一对是夫妻，年轻的一对也是
过完年之后我再也没见过那对年轻的夫妻
一次，一个吃面的问：你们的孩子呢
年老的男人说：打洋工啦，去坦桑尼亚
一年来，除了吃什么和多少钱
我和这两对夫妻没说过一句多余的话
——我去那里吃早餐也纯属习惯
但不知道从什么时候开始
再去小店时，我常常会想起坦桑尼亚

# 无用之转折

麂子是我吃过，但是
从来没有见过的一种动物

因为吃过，所以还会吃
还会自己在小锅里炖

因为没有见过，所以会查
会在百度词条里一句句地看

在读到“泪窝深而圆”那一句时
我停顿下来的时间最长

但是并没有妨碍我接下来的吃

# 此时此刻

我坐着，摸摸弄弄
喝一口水，走到窗前
透过有积尘的玻璃向外看看
然后又坐回来，摸摸弄弄

大雾弥漫，寒潮压境
又能做些什么呢？

此时此刻，应该不止一个人
也像我这样，坐着，摸摸弄弄
喝一口水，走到窗前
透过有积尘的玻璃向外看看
然后又坐回来，摸摸弄弄

在这个世界上，我们互不相识
却做着一模一样的事情

# 同一性

夏天真是越来越近了
宵夜就开始到街头上去，大排档
冰镇啤酒，三五朋友

一次去厕所回来，我用竹签
拨弄泡沫箱里到处乱爬的虾子
其中有一只，用钳子紧紧抱住竹签不放

没过多久，清蒸小龙虾端上来
每只都冒着热气，每只
都敞开着两只巨大而安静的钳子

我已经忘了安静的钳子，曾经
就是凶狠的钳子，我也已经忘了
拥抱和投降用的是同一双手

# 写名字

在一张白纸上
写下她的名字
拍给她看

在另一张白纸上
她也写下自己的名字
拍给我看

她说：你写我的名字
没有我写自己的好看
——你也写自己的看看

于是，在我那张白纸上
在她的名字底下
我写下自己的名字

认识那么久了

第一次

我们挨得那么近

# 内部

只有电梯坏了
才会想起来走楼梯
只有走楼梯时
才会发现世界上还有楼梯间

沿着这条暗黑无光
积灰一寸的人间竖道
我一步步地走向第二十层
我听到了钢琴声
炒菜声乃至吵架声
和动画片里小人儿的嗲叫声

但最响亮的还是
我的脚步声以及
它巨大而荒凉的回声
它们来自整栋楼的内部

# 痕迹

想起一件旧事
铺开一张白纸
有些字，蹦出来
又缩了回去
有些字，兴奋着
转而又徘徊
一根烟抽完了
一个字
也没写下
但是你看，仔细看
白纸上布满了痕迹

# 星宿纪年

我喜欢开灯，也喜欢关灯
我最喜欢的是反复开灯关灯
快速切换黑暗和明亮
就能同时置身于两个世界

这个游戏，我曾经乐此不疲
在很多年以前的打麦场里
我反复开关一支银色铁皮手电筒
挥向夜空，仿佛能搅动星宿

几个小时后光柱越收越近
越收越近，几乎泯灭
天上的亲人好像都接下来了
虫鸣消失，四周一片寂静

夜色围着我，我们围着那片微光

# 把时间举过头顶

也在手腕上戴过些东西
红头绳、钥匙链、紫檀手串

戴得最久的
是第一次拥有的
那只手表
蓝色的、指针不走动的
我哥画的

它教会了我：用右手洗脸
高举着左手游泳
谛听安静，或者安静中的嘀嘀嗒嗒

我已经忘了，它是怎么消失的
什么时候消失的
只是记得表带的蓝
和更深处的血管曾经一样蓝

# 贴梗海棠

其他花都还没开的时候
只有它开了，一盆盆栽
枝条上有的是花，有的还是骨朵
但都拥有一个确定无疑的名字：贴梗海棠

那艳红的花瓣，明黄的花蕊，和暗绿的叶片
是阳台和窗外的枯冬中最为明亮的颜色
因为这明亮，因为这色彩
我突然也为之一振，仿佛也开了

我走到外面去，走在人群之中
揣着那盆贴梗海棠传递过来的一振
明晃晃的有一个点，从我心间向四周扩散
有的人接收到了，而有的人没有

# 在恩施街

我们走在恩施街上
我们漫无目的地走在恩施街上
然后拐进一个小区
真香啊，他说
继续朝前走

然后我就听见了炒菜的声音
接着又往前走
橘子，他说
然后我就看到了橘子树
看到了橘子树上的一个橘子

接着又往前走
红房子，他又说
然后我就看到了一栋红房子的斜顶
于是我们就去隔壁小区
找那栋红房子

他生了一场病，住了七天院
今天刚刚出来
他拥有一只新鲜的鼻子
一双新鲜的眼睛，一种新鲜的机敏
我也跟着拥有了一会儿

# 我看见了我正在看着的一切

没有下雨，也不是阴天
天是蓝的，阳光是白色的
我走在明亮的街头

我在明亮的街头走着
忽然就闻到了烧纸的气味
就看见了那个大大的“奠”字
那些歪扭在一旁的儿孙的名字
以“敬挽”之名垂立着
一个人正在桌前记着什么
一个人闪进了门洞里
我看见墙壁后面他迅速的步伐

这条街每天我至少走一回
这个街角每天我至少拐一次
已经熟视了平淡无奇了
除了今天这一回，这一次

死亡让它们那么新鲜清晰
让我看见了我正在看着的一切

# 冬日桃林

我从未见过这样的桃子
雪白的、高挂枝头
果肉消失了，果皮仍紧裹着果核

但是我见过这样的蝉蜕
轻而脆，背部有缝
蝉飞走了，蝉蜕还在紧扒着树干

一个季节的遗留之物来到
另一个季节，当一阵风吹过
“噗”的一声或者无声无息的
它们就告别了不曾拥有的事物

它们，包括桃子、蝉蜕
也包括它们依附其上的这些桃树

# 一种解释

在街上，不由自主地
就会加快脚步

一个人时是这样
两个人时是这样
一群人时也是这样

很轻易地
就成了最前面的那一个

真的，我不孤单
我把孤单的感觉留给你们

# 刘静

她拥有一个很普通的名字
普通的刘，普通的静
就像她的人、她的店一样普通
十几年前，我们经常
晚上去她的打字复印店聚会
喝酒、谈诗、聊写作
红着脸，高谈阔论、声嘶力竭
就把那里当成了自己的店，自己的家
而她从不参与我们的讨论
她说她不懂，更不写
只是耐心地续着茶水，或者
盯着壶嘴里冒出的一缕热气发呆
直至被那尖利的一声所惊醒
十几年过去了，十几年来
我从没有和她联系过
只是前几年，听说

她离婚了，打字复印店也关了

在同样的地方，她开了一家小书店

# 我听见

我听见合欢树深处，五月的
鸟叫声。我听见往南的
火车有节奏的轰隆声
我听见空空的江面上
一声长而低沉的汽笛声
我听见龟山和蛇山
之间满载灯火的流水声
我听见一个人用尽平生气力的
呐喊声，只有两个字
最开始说“啊”，最后说“吧”

# 最后一根火柴

最后一根火柴
是用来点燃
一根烟、一堆篝火
还是一张纸？
最后一根火柴
划亮在下午的月台上
火苗微弱地跳跃着
迅即，又被风吹灭
最后一根火柴
躺在火柴盒里，孤零零的
为了让它成为火柴
我把它划亮

# 养金鱼

独居就是这样
既养不了猫，也养不了狗
买了七条金鱼，已经养了三个月

每次出远门，我就把它们
放进大号收纳箱里，蓄满水
回来之后，又把它们放回小玻璃缸

嗯，我也是其中的一条
我也这样养着自己

# 诱饵

鱼只是鱼，渔具只是渔具
它们之间的关系由人来完成

我钓出过沮丧和懊悔
也钓出过沉甸甸的、有力的成就感

这一次，我选择
把掉在草丛里的那条鱼拨回池塘

这一次，那条鱼选择
把怜悯作为钓出我的诱饵

# 这一时刻

每一天，都会到达这一时刻
每次到了这一时刻
就会恍然觉得一天又过去了

昨天与前天的不同
以及今天与昨天的不同
都因为这一时刻而得以确立

但是前天的、昨天的、今天的
这一时刻和这一时刻的感受
却又一模一样，严丝合缝

是的，我有着游标卡尺般的精确
也有着毛玻璃般的模糊

# 致林东林

对于你，我几乎一无所知
除了你的名字、性别，你的出生年份
而除了名字、性别、出生年份
我们又没有什么一模一样

一个在汕头的人和一个在武汉的人
一个从事股票的人和一个写诗的人
用同一个名字分担着两种不同的生活
这是今天我才知道的事情

35 年来，我一直以为我是唯一的
我的名字也是唯一的
林东林，在临睡前的深夜里
我在一张纸上写下这个熟悉的名字

我一遍一遍默念这个熟悉的名字
同时想象着那个陌生的你

在对你一遍一遍的想象之中
我反复确认着自己

# 夜游

乡村的夜晚如此明亮
每一颗星星都散发着光芒
其中最亮的两颗
一颗叫月亮，一颗叫金星

我们沿着一条发白的小路穿行
从这个路口走到下个路口
稻田、垄沟、果树
那些暗黑中的分岔和摇晃
细节隐隐可辨
这样的景象
在城市见所未见

在村外的田野里
我们身上披着一些清浅的光
走到哪里，我们
就照亮哪里

# 罗马阳台

这是一本书的名字
我正在看这本书
这是一本 14 年前的旧书
纸页泛黄、轻脆
它来自远方仓库的一个角落
那里积满灰尘，可能
还悬吊着一张空空的蛛网
400 年前的故事从那里铺展开
布鲁日、马延斯、拉韦洛
罗马、比利牛斯山、大西洋
诺曼底、巴黎、伦敦
莫姆辗转了整个欧洲
最后回到罗马，死在乌得勒支
他拥有一双用来寻找黑白的蓝眼睛
他献身于一种古老的爱
但他的血肉并不消散在现实中

正如台灯下的那些字迹
并不消散在捧读人的眼眶里

# 雪

今年的第一场雪下在深夜
下得很大，纷纷扬扬
我告诉你我们这儿下雪了
我只是告诉你我们这儿下雪了
在此之前的一天
你们那儿也下雪了
也下得很大，纷纷扬扬
你也告诉我你们那儿下雪了
你也只是告诉我你们那儿下雪了
夜很深，雪下得很大
我看见窗外的屋顶上、马路上
白茫茫的厚厚一层
雪在下着，雪上又落满了雪
那么大的雪，我想
城里人可以用来堆雪人
乡下人可以用来收获庄稼
而我们可以用来掩饰我们自己

# 当我们谈起女人

1

夜深了，我们谈起女人
谈起形而上学的女人
谈起母亲和妻子的代表
慈悲、爱、辉煌，和引领
一些词语也随之而来

2

我们躺得更舒服了一些
就像是躺在一段乌有的臂弯里
我们又说起一些具体的女人
说起最近的、从前的
那些来了又走了的女人
那些女人的胸、屁股和嗜好

## 3

我们从床上坐了起来
讪笑着，搓着有细汗的掌心
眼睛里泛起一段段回光
夜色中，两支烟头忽明忽暗
就像那些女人温度计般的眼睛
又灵敏，又热烈

## 4

在短暂但像海一样的沉默中
穿过一座座岛屿般的身体
我想起了你的名字
我首先想起的是你的名字
而不是你的身体
不是你的配合、抵达和主动

## 5

然后，我继续想起的也不是这些
而是那些细碎流光的东西

那些后来一想起来
就会隐隐作痛的东西
那些现在已经可以随便谈论的东西

## 6

今晚，在长江边小县城的这座旅馆里
夜色如水，但我们以对方为饵
我钓出了你的沉默和失眠
而你钓出了一段不再属于我的悲伤
和一个没有被时间埋住的名字

## 7

一个没有被别的名字埋住的名字
刘利娜，一个普通的
并不含有任何深意的名字
一个现在被我重新擦拭的名字
夜深了，我们重新躺进黑暗之中
这个高挂着的亮晶晶的名字
也将再一次重新入土

# 理想

等有钱了，就回到北方
回到原来的那个村子、院子
把房子修成原来的样子

等什么都不在乎了，就住进去
等冬天，等一场大雪封门
早上起来，就烧一壶热水，去浇雪

把雪打回原形，曾经
是我在那里最热衷于做的事情

就像雪，后来也热衷于如此对我

# 城市包围农村

要过年了
大城市禁放烟花爆竹，小城市也是

要过年了
大城市和小城市的人都回到农村

大城市和小城市的人
回到农村，燃放起烟花爆竹

到处都是“噼里啪啦”的，像打枪
像是中了埋伏

# 喜鹊

隆冬时节出城，沿着
河沿上废弃的一段水泥路走
不想看见鸟窝，不想
看见蓝天、枯枝
蓝天枯枝中的鸟窝
不想看见鸟窝之外有鸟
正飞来，不想
认出那是一只喜鹊
不想它的名字叫喜鹊

# 穴居动物

把鞋子脱下来
把袜子脱下来
把黑色套头衫脱下来
把白衬衣脱下来
把短袖 T 恤脱下来
然后解开腰带
把裤子脱下来
把内裤也脱下来

有一次就是这样
我把自己脱成了一具裸体
在房间里走来走去
当然，你也可以说
我把房间穿在了身上
把一栋楼穿在了身上
把一座城市穿在了身上
甚至把整个地球穿在了身上

# 一起吃饭的人

十个人在吃饭
十个人在一个包间吃饭
有的是认识很久的
有的是认识不久的
还有的是刚刚才认识的
十个人边吃边聊
等快吃完的时候
也差不多快聊完了
第一个人掏出了手机
第二个人掏出了手机
第三个人也掏出了手机
最后十个人都掏出了手机
有那么一会儿
十个人都安静了下来
都在划拉着手机
就在这时候突然停电了
谁也看不到彼此

他们看到的是
十个亮着屏幕的手机

# 路边摊

买菜，可以去超市
菜市场、路边摊
我更喜欢路边摊，我的父亲
就曾在这样的路边摊
遥远的地方的路边摊
生前的路边摊
在那儿我会产生一种错觉
觉得每个摊主都很像我的父亲
——即使那是几个女的

带着这种清晰的错觉
有一次，我把钱递给一个男的
他把菜塞进塑料袋递给我
我不知道买他的菜
是否因为他更像我的父亲
但我知道只要我一转身
我的父亲就会死于街头

死于他从来没来过的地方
然后我就告别了我死去的父亲
提着一袋蔬菜回来了

# 那时候我们经常做爱

多年未见，但我还记得
我们做爱，那时候我们经常做爱

有时候，是在大早上
有时候，是在中午时分
有时候，是在傍晚的薄暮中
也有时候，是在夜里

最不好的，就是在夜里
早上，你走得太早
让我醒来之后，总以为
和你做爱是在梦里发生的事情

# 哭

坐着坐着你突然哭起来
不知道为什么
突然你就哭起来
小声的，耸着肩膀
明亮的阳光落在我的对面
你的身上，你抹完眼角的手背上

那湿漉漉的一小块
发散出湿漉漉的一小块明亮
你的手背是以前的手背
眼睛是以前的眼睛
鼻子、嘴巴
是以前的鼻子、嘴巴
你哭泣的表情也是以前的

只有泪水是今天的
只有泪水每一次都是新的

# 爱情

我确定，那几乎是下意识的
习惯性的，重复着此前千百次的

他没有看她，她也没有看他
他朝她的手伸过来，她把手送过去

但这几乎让我看到了爱情本身
那被我看到的，也将成为我的一部分

并在我和某人之间展开，然后
在无意之间，又被另外一个人看到

# 我们

对面的一栋楼亮着灯
从三楼到二十七楼都亮着灯
但不是所有房间都亮着
八点十分我看了一次
十点半看了一次
十二点四十七分又看了一次

亮灯的窗户越来越少
现在只有三扇窗户还亮着
现在已经凌晨两点
我不知道在对面的楼上
是否也有人正看着我这栋楼
正看着我亮着灯的窗户
以及其他可能也亮着灯的窗户

但我可以肯定的是
总有一双眼睛会出现在那里

在某个深夜、某个楼层
某一扇窗户背后

总有一双眼睛，像我这样的

# 画

你画画
我央求你画一幅画

画一个我
把我裱起来
送给我

这样
我就能
天天看到你

# 方式

去年秋天
坐船游漳河水库
路过观音岛时
我曾远眺过那尊双面观音

现在我又来了
登岛，沿着 108 级台阶
来到 18 米高的观音雕塑脚下

为了看清它
我不得不仰着脖子
我们都不得不仰着脖子

只有她，低着头
双手合十

# 私心

清明时节雨纷纷
我们开车去山上
带着鞭炮、烟火、纸花
电子蜡烛、香，还有纸钱
给他的父亲上坟

一帮人给他的父亲上坟
有的放鞭炮，有的放烟火
有的扭亮电子蜡烛
有的插纸花
有的烧香，有的烧纸钱

我负责烧纸钱
我烧的那沓面值 3000 亿的纸钱
其中有几张
悄悄地烧给了我的父亲

# 麦当劳

那时候我住在东四十条
楼下的那家麦当劳
每天早上都有很多人进进出出
但我从没进去过
我只是每天路过那里

隔着一层玻璃
我看到那些热气腾腾的食物
被年轻而陌生的男女吃下去
或者打包拎走
看了至少有一年吧

后来有一次在泰国
酒店对面也有一家麦当劳
早上我出门的时候
也看到很多人在那里进进出出
那些热气腾腾的食物

也被年轻而陌生的男女吃下去
或者打包拎走

异国街头早上的这一幕
让我第一次走进了麦当劳
我走进了麦当劳
也就像是走进了故乡

# 有我之境

从最西边走到最东边
又从最东边走到最西边
在这趟来回中我没遇见一个人
街上那些，不在街上的那些
此刻也没有一个出现在这儿

这是在蛇山的山顶上
我走在像蛇一样的小路上
有一列火车刚从山下开过去
那些有节奏的撞击声
越来越低地消失在我耳边

我用左手扶住一棵树
接着用右手扶住另一棵树
准备下到山坡的斜面上，有一些
异常明亮的野花在那儿开着

在这一过程中，我的右手
扎进去了树干上的一根倒刺
疼，而这让我意识到了我
原来每天都在拖着一具久违的肉身

# 妈妈一定要去广场上跳舞

她们在广场上跳舞
每天晚上她们都在广场上跳舞
穿过几十年的烟尘
穿过几万条大街小巷
她们终于走到了广场上
她们在广场上跳舞
她们摆着手跳舞
她们的手成了自己的手
她们踏着节拍跳舞
她们的腿成了自己的腿
她们扭动着身子跳舞
她们的身子成了自己的身子
她们在广场上跳舞
把你们生出来那么多年后
她们终于生出了自己
她们在广场上跳舞
就像婴儿在怀抱中跳舞

就像禾苗在微风中跳舞
就像灰尘在阳光中跳舞
她们都是妈妈，她们都是谁的妈妈
她们中间有没有你的妈妈
如果没有你的妈妈，如果你还有妈妈
那么你一定要让她去广场上跳舞
你的妈妈从来没有跳过舞
你的妈妈从来没有像这样跳过舞

# 后 记

出一本诗集的想法，并非由来已久，而是最近在整理这五年的诗作时冒出来的。作为一个写小说、写随笔也写诗歌的跨界写作者，我觉得我这些诗歌也写得挺棒，既不亚于很多只写诗歌的诗人的作品，也不亚于我所写作的其他文体，所以我将其结集出版。

本来，按我的意思，这本诗集叫《一个普通的早晨》，它来源于其中一首诗的标题。需要指出的是，这并不是说那首诗有什么特别之处，而是我觉得这个名字不错，简单、普通，却又真实不虚，这也对应着我对诗歌的某种理解。但是考虑到市场因素，书名又改成了现在的《三餐四季》。我完全理解并举双手赞成，毕竟出版一本诗集本来已是赔本之举，而再取一个卖不掉的书名更是雪上加霜。

内容分为四个部分，第一辑“静物”，第二辑“叙述与抒情”，第三辑“旁观者”，第四辑“三餐四季”。正如你所见到的那样，之所以这样命名，跟每辑收录的内容大体相关，这一点并没有什么好说的，不存在特别的深意。收录到这本集子里的 100 多首诗作，均是我 2014 年底从北京来到武汉之后的这五年间所写。每首诗都没标明写作日期，是这样，我觉得好放在什么时候都好，而不好放在什么时候都不好，没必要用日期为一首诗的好坏做注脚和解释，而且我也不觉得时间节点存在什么特别研究价值。

就数量而言，相比于那些写出来又被我删掉的诗作来说，留在这里的是很小一部分，但是数量也并不一定就代表着什么。那些没能够出现在这里的诗作，在电脑中的已被我彻底删除了，在纸片上的也被我扔进了垃圾篓里，就像从来没有被写出来过一样，它们又回到了应该回到的地方。这或许是一种进步的表现，至少目前看来如此。

感谢张执浩、小引、艾先，因为《汉诗》我们得以相聚，我也才开始写诗；这是这本诗集里所有作品的最初来源；感谢张羞、槐树、川上，他们很多次来我的居所喝茶谈诗，赋予其某种场的力量，在他们离开之后仍能让我沉浸其中；感谢余秀华，这五年来，我们一直是闺密以及彼此的树洞，在我们倒向对方的沙子般的闲言碎语中，也不乏闪着微光的金粒；感谢毛子，因为共同面对的虚无，我们的友谊也得以一再加深；感谢我的师兄胡伟，在我走近继而走进诗歌的道路上，他是那个永恒的原点，虽然他已不再写诗，但他在大安山下与钟声相伴的生活无疑也是另外一种写诗的方式。

感谢韩东和杨黎，在观念和实践上我得益于“第三代”，而在“第三代”的诸多诗人中，我又得益于他们两位最多——尽管这种得益我并不能清晰指出。在一种语言、情感和审美都在往回走的背景下，我倾向于另一种往回走，也就是回到（对绝大多数诗人而言，这个词应该换成“前往”）“第三代”的诗歌基础之上。在很大程度上，我认为如何看待“第三代”诗人及其作品决定了我们当下写作的成色。毫无疑问，他们仍然是我们通往未来道路上的“过去的灯塔”，他们以让我们回望历史的方式烛照自己的未来。

还要感谢很多在这里没有一一具名的诗歌朋友。在一个写诗被约等于不务正业、诗人被约等于怪人的年代，我们或许并不逢时，但勇于承认自己是诗人，这种带有接头暗号性质的归类却昭示了我们的某种共同和共通之处。而在茫茫人海之中，是诗歌而不是别的让我们结识并理解着彼此，这又说明了诗歌所赋予我们的全部意义所在。